GOLDMANN

Buch

Der Frust sitzt tief bei der Münchner Anwältin Sina V. Teufel. Sie steht kurz davor, mit ihrer Sozia und Kollegin Hanne entscheidend aneinanderzugeraten, als ihr die Karte ihres Jugendfreundes Martin in die Hand fällt, der sie nach Bali einlädt. Sina ignoriert den Zusatz, daß sie gutes Schwarzgeld mitbringen soll, und setzt sich kurz entschlossen in den Flieger. Zunächst hält sich ihre Verwunderung, daß am Flughafen und im Hotel von Martin jede Spur fehlt, in Grenzen, doch schon bald löst die innere Unruhe den Müßiggang am Swimmingpool ab. Sie fährt zu Martins Behausung, wo alles die Aura des Todes und der Verwahrlosung atmet; von Martin keine Spur. Wen Sina auch fragt, überall begegnet ihr eine geschlossene Front der Ablehnung. Schließlich findet sie Martin – im Kühlgebäude der Gerichtsmedizin in Denpasar. Auch wenn Herzversagen als Todesursache genannt wird, Sinas Jagdfieber ist endgültig erwacht. Zusammen mit Kiko, einer Japanerin, mit der Sina sich anfreundet, dringt sie in die Schattenwelt der örtlichen Drogenszene ein, in der Martin eine zwielichtige Rolle gespielt zu haben scheint. War er selbst schuld am Tod seiner balinesischen Freundin Sri?

Autorin

Lara Stern, geboren 1953, ist das Pseudonym einer Münchner Autorin.

Außerdem von der Autorin bei Goldmann

Nix dolci. 5188

Sabas Himmelfahrt. 5818

Lara Stern

BALI KAPUTT

Kriminalroman

GOLDMANN VERLAG

Originalausgabe

Umwelthinweis:
Alle bedruckten Materialien dieses Taschenbuches
sind chlorfrei und umweltschonend.
Das Papier enthält Recyclinganteile.

Der Goldmann Verlag
ist ein Unternehmen der Verlagsgruppe Bertelsmann

Umschlaggestaltung: Design Team München
Umschlagfoto: The Image Bank, Rossi, München
Satz: Uhl+Massopust, Aalen
Druck: Elsner-Druck, Berlin
Verlagsnummer: 42417
Lektorat: Ulrich Genzler
Redaktion: Tina Schreck
Herstellung: Heidrun Nawrot
Made in Germany
ISBN 3-442-42417-8

2 4 6 8 10 9 7 5 3 1

Good girls go to heaven,
bad girls go everywhere

1

Das Mädchen lag seit Stunden in der Brandung, die seit dem Einsetzen der Flut den menschenleeren Strand mehr und mehr überspülte. Eine junge Balinesin, schlank, kaum mittelgroß. Auffallend schön.

Ihr Haar, beinahe hüftlang und nachtschwarz, bewegte sich im Spiel der Wellen wie nasse Schlingpflanzen hin und her. An ihrem linken Armgelenk trug sie einen schweren Silberreifen mit zwei ziselierten Feuersalamandern. Auf Flores, einer der Nachbarinseln, gehörten solche Schmuckstücke zu jeder Aussteuer. Um ihre kindlich schmale rechte Fessel wand sich ein geschlungenes Silbergeflecht, das die Einstiche nur notdürftig verdeckte.

Ihr linkes Auge war zugeschwollen, ihre Wange von Schlägen gezeichnet. Der Arm war aus der Kugel gedreht. Spuren von Hieben und Quetschungen am ganzen Körper. Frische Brandmale auf ihren kleinen Brüsten.

Sie war nackt, bis auf den ausgebleichten Sarong, der um ihre Hüften geknotet war. Es war ein Doppel-Ikat aus dem Dorf Tenganan, eines der wertvollen Schutztücher mit dunkelblauen Kreuzsternen und aus Swastikas gebildeten Mäandern auf hellem Grund, die man vorzugsweise jungen Mädchen für die Aussteuer mitgab. Überall auf Bali schrieb man diesen Stoffen, die nach uralten Vorlagen gewebt wurden, magische Eigenschaften zu, die ihre Träger vor Krankheit, Verfall und Befleckung schützten.

Vor bösen irdischen Feinden hatte es das Mädchen nicht bewahren können.

Man hatte sie vor kurzem hart rangenommen. Ihr Körper war noch immer angespannt, ihr Mund zum Schrei verzerrt. Ihre Hände waren zu Fäusten geballt, die Nägel tief ins weiche Fleisch der Ballen gegraben.

Sie hatte sich lange gewehrt, um sich geschlagen, gekratzt, getreten und geschrien, bis ihr die Stimme versagt hatte.

Jetzt aber spürte sie keine Schmerzen mehr und keine Angst.

Das Mädchen war tot.

2

Diesmal hatte es Hanne erwischt. Aber ordentlich.

Man sah es an der Art, wie sie sich tänzelnd durch die Kanzlei bewegte, mit einem sinnentleerten Lächeln, das sie unverschämt glücklich aussehen ließ. Es hielt sich hartnäckig, selbst wenn eine der anderen etwas von ihr wollte. Nicht einmal bei unangenehmen Anfragen dienstlicher Natur erlosch es.

Ihr Fuchsgesicht war heiter, und ihr kurzgeschnittenes Haar erstrahlte neuerdings in einem aufregenden Venezianisch-Rotblond. Hanne schwelgte, entgegen ihrer sprichwörtlichen Sparsamkeit, in Klamotten.

Nichts von der Stange. Alles mit Pfiff, in einem unkonventionellen, sehr femininen Stil.

Sie war unkonzentrierter als gewöhnlich, das war nicht zu übersehen. Zweimal schon hätte sie beinahe einen wichtigen Termin vermasselt. Akten stapelten sich auf ihrem Schreibtisch, und trotz erwachender Unmutsgefühle ihrer langjährig verwöhnten Mandantschaft schien sie immer weniger Lust zum Diktieren, geschweige denn zum Aufspüren steuerrechtlicher Nischen zu verspüren.

Bisweilen blieb sie mitten im Satz stecken, legte den Kopf schräg und schaute verträumt. Das war meistens, wenn irgendwo in den großzügigen Büroräumen das Telefon zu schrillen begann. In der Mehrzahl dieser Fälle bekam Anke Frey, ihre schlagfertige Azubine im letzten Lehrjahr, keine Chance, den Hörer auch nur in die Hand zu nehmen.

Keine Frage, ihre Partnerin Hanne Bromberger, mit der Sina V. Teufel schon seit mehr als fünf Jahren eine florierende Münchner Anwältinnenkanzlei betrieb, war bis über beide Ohren verliebt.

Der Glückliche: ein charmanter, ein wenig elegischer Exil-Lette mit nebulöser Vergangenheit und geschliffenen Manieren. Anregend verlebtes Gesicht, hünenhafte Gestalt. Schmale grüngraue Augen. Anfang Vierzig. Stets gehetzt, immer in Mantel und Schal, als sei er ständig auf Abruf.

Im Augenblick Produzent, wenigstens nach seinen eigenen Angaben. Zuvor auch schon Dokumentarfilmer, Kameramann, Cutter. In seinen Anfängen Oppositioneller, Schauspieler, Bühnenbildner und wer weiß was sonst noch alles.

Offensichtlich wuselte er tatsächlich irgendwo beim Film herum, eine Branche, die Hanne zu anderen Zeiten erbarmungslos als Ansammlung professioneller Schaumschläger gegeißelt hätte. Jetzt, im Vollstadium ihres Liebesrausches, war sie sogar bereit, sich für alles zu begeistern, was mit laufenden Bildern auch nur im entferntesten zu tun hatte.

Sina Teufel fand Bill Bergis auf den ersten Blick überkandidelt, auf den zweiten eher suspekt, dann bloß noch unsympathisch. Auf keinen Fall ein Mann, der zu Hanne paßte.

Filou. Klugschwätzer. Luftikus. Schlimmer noch: Frauenbetörer. Unseriös. Einer, der künftiges Unheil als Duftmarke trug. Ihre Nase schlug Alarm. Diese Sorte kannte sie zur Genüge.

Die andere liebte und genoß. Wochenende in Wien, von wo sie mit einer überbezahlten Jugendstillampe zurückkam. Drei Tage Petersburg. Spontaner Kurztrip nach Amsterdam – Haschisch-Cafés, Grachtenrundfahrt bei Kerzenschein und anschließendes Liebesmahl im Chinatempel. Genever bis zum Abwinken. Katerfrühstück im *Café Extrablatt.*

Alles Dinge, die sich die grundsolide, kostenbewußte Hanne früher nie und nimmer erlaubt hätte.

»Na und?« war ihre Antwort, als Sina sie damit frozzeln wollte. »Man lebt nur einmal. Hast du mir doch seit Jahren gepredigt.« Ihr neues, atemloses Lachen. »Gut, daß mir das noch rechtzeitig aufgefallen ist.«

Ein hastiger Blick zur Uhr. Die war leicht geschwungen, sündteuer und erst gestern erstanden.

»Und wann kommt *er*?« fragte Sina säuerlich und bereitete sich darauf vor, den Rest ihrer Besprechung abermals zu vertagen. Lief die Sache so weiter, würden sie in ihrer Zweifrauensozietät noch die Antiverkehrsform der Aktennotiz einführen.

»Um halb sieben«, antwortete Hanne leicht verklärt. »Wir gehen in die ›Kammerspiele‹. *Penthesilea* soll sehr gewagt und ziemlich schräg sein. Bill stirbt für Experimente! Aber vorher muß ich in der Theatinerstraße noch was abholen.«

Hanne, die seit Jahren nicht mehr im Theater gewesen war – und dann noch in einem zwanghaft auf modern getrimmten Klassiker! Vor wenigen Wochen hätte allein der Gedanke daran sie schaudern lassen.

Aber das war eben, *bevor* Mr. B. in ihr einsames Leben getreten war.

Männer! dachte Sina resigniert und starrte nach draußen, wo ein weiterer nebliger Tag über der Stadt aufzog. Der goldene Oktober, von dem Münchens Fremdenverkehrswerbung so gern schwärmte, dachte in diesem Herbst nicht daran, seinem Namen auch nur ansatzweise gerecht zu werden.

Männer! Kaum machen sie sich breit in unserem Leben, schon rasten wir Frauen aus – immer das gleiche doofe alte Spiel!

Es war nicht nur das permanente Liebesgesäusel von nebenan, das ihr – zugegebenermaßen – an die Nieren ging und sie das Alleinsein stärker als sonst spüren ließ. Hanne benutzte ihre amouröse Verstrikkung – taktisch nicht ungeschickt – auch dazu, sich Dinge, die sie ohnehin nicht mochte, vom Leib zu halten.

Dazu gehörte vor allem die immer wieder zwischen ihnen diskutierte und ebensooft zurückgestellte Frage einer Kanzleierweiterung. Sollte sie jetzt endlich bei ihnen eintreten oder nicht, die junge, einsatzfreudige, engagierte Kollegin, bereit, die Ärmel aufzukrempeln und einen Teil der anfallenden Arbeit zu erledigen?

Sina Teufel blätterte mißmutig ihren übervollen Terminplaner durch, der sich jedes Jahr ganz von selbst noch mehr aufzublähen schien. Ein Konto in Liechtenstein und die Sechzigstundenwoche als Lebensziel? Magenfalten, ein paar Frust-Cocktails, und Schuften bis zum Knockout, um nicht über die Schatten der Vergangenheit nachdenken zu müssen?

In ein paar Wochen wurde sie sechsunddreißig. Sie lebte seit Jahren allein, litt in letzter Zeit wieder häufiger an Rückenschmerzen und ertappte sich dabei, Filme deshalb nicht zu mögen, weil sie eine Art Happy-End hatten. Ein Grund mehr, sich einmal zu fragen, was das Ganze eigentlich sollte.

Der nächste Anruf, den ihre Sekretärin Marina König durchstellte, verdüsterte ihre Stimmung vollends. Die junge Anwältin, die Hanne und sie einige Male getroffen hatten, sagte freundlich, aber bestimmt ab. Sie habe in der Zwischenzeit ein anderes, sehr attraktives Angebot erhalten. Dort wolle man sie unbedingt *gleich* haben.

»Auch gut«, erwiderte Sina kurz angebunden und legte auf. Während ein trüber Nachmittag in die Fenster kroch, versuchte sie, ihrem Miese-Laune-Anfall mit einer Aufräumaktion den Garaus zu machen. Sie hätte gar nicht sagen können, auf wen sie eigentlich so schlecht zu sprechen war.

Auf die Neue, die jetzt doch nicht kam? Auf Hanne? Auf sich selbst?

Das Stöbern im Papierkram half. Bald waren ungelesene Fachzeitschriften, Strafzettel und Rechnungen voneinander getrennt. Dann kamen die Dinge an die Reihe, die sie als »weniger wichtig« im untersten Fach abgelegt hatte. Obenauf Martins Brief.

Sina zog ihn heraus und zuckte zusammen, als sie Hanne nebenan am Telefon losprusten hörte. Soviel gelacht wie in den letzten paar Wochen hatte sie seit Jahren nicht.

Mußte Liebe schön sein!

Sie studierte die bunten Briefmarken auf dem Luftpostcouvert und fingerte nach dem blauen Blatt mit der kleinen Zeichnung. Martin hatte seit langem wieder einmal geschrieben. Diesmal aus Indonesien.

Wie ein anderes Leben kam es ihr vor. Vor dreizehn Jahren, gleich nach der Trennung von Harry, noch bevor die Scheidung ins Laufen kam, war sie von heute auf morgen in der Milbertshofener WG untergeschlüpft. Nach dem kalten Chromschick des ehelichen Domizils war die große, behelfsmäßig renovierte Altbauwohnung mit striktem Einkaufs-, Putz- und Kochplan eine anfangs zwar harte, auf Dauer aber sehr brauchbare Therapie für sie gewesen.

Zwei Frauen, drei Männer. Einer davon Martin. Ananasfrisur à la Rod Stewart, knallenge Jeans, ein schiefes, bisweilen umwerfendes Grinsen. Extrem schnell im Kopf und zärtlich noch dazu.

In langen nächtlichen Gesprächen bei grünem Tee und endlosen Lou-Reed-Songs hatte sie sich ihren Frust und ihre Verzweiflung über das Ehedesaster von der Seele geredet und in ihm einen aufmerksamen, liebevoll-spöttischen Zuhörer gefunden.

Es war nicht nur beim Reden geblieben.

Wie von selbst hatten einige dieser Unterhaltungen in den frühen Morgenstunden in seinem breiten Hochbett geendet. Obwohl Sina wußte, daß Bea, seine damalige »Hauptfrau«, nur in Berlin war, weil sie in München keinen Studienplatz bekommen hatte.

Zu einer richtigen Affäre hatte es trotzdem nicht gereicht; dazu war sie wohl zu verletzt und er zu vorsichtig gewesen. Eher hätte man es als gegenseitiges Erkennen beschreiben können, ein verwundertes Finden. Beinahe wie nach Hause kommen. Zusammen schweben, das hatten sie gut gekonnt. Und gemeinsam Blödsinn machen.

Am meisten vermißte sie noch heute die Abende, an denen sie sich kurz vor Mitternacht zu viert in seine Isetta gequetscht hatten und ins legendäre *Stop in* gefahren waren. Bei schalem Bier und der sicherlich miesesten Pizza der Stadt bis halb drei morgens die Szene beobachten! Ewigkeiten schienen seit jenen Tagen vergangen zu sein.

Ob Martin heute noch so trinkfest wie damals war? Den Leichtsinn hatte ihm bestimmt niemand austreiben können, da war sie sich ziemlich sicher. Nachdenklich drehte sie den Brief mit seinen großzügigen, ein wenig schludrigen Schriftzügen hin und her.

Irgendwann nach ihrem Auszug aus der WG war der Kontakt loser geworden. Schließlich hörten sie nur noch sporadisch voneinander, von immer längeren Pausen unterbrochen. Ganz aus den Augen verloren hatten sie sich allerdings nie. Die innere Verbundenheit aber, die sie einmal gespürt hatten, war um einiges schwächer geworden.

So hatte Sina nie begriffen, warum Martin seine vielversprechende Unikarriere als Soziologe plötzlich abgebrochen hatte, um als braver Lektor in einem Frankfurter Verlag unterzukriechen.

Wenig später war er dann auf den Ferntrip gekommen. Eine Reise nach der andern, die meisten nach Asien, von wo aus er bunte Karten und kurze, lustige

Briefe schickte, die irgendwo anfingen und gleichermaßen unvermittelt wieder abbrachen. Zwischen den Luftpostblättern waren häufig seine talentierten Aquarelle von Traumlandschaften, die mehr als einmal Fernwehanfälle in ihr hervorgerufen hatten.

Dann wieder Sendepause, monate-, manchmal jahrelang. Martin schien nicht mit einer Antwort zu rechnen, da er oftmals auf einen Absender verzichtet hatte.

Das war diesmal anders.

Martin Stegmann,
Nirvana Beach, Kuta, Bali, Indonesia.

Alles ordentlich aufgeführt, wie es sich gehört.

Bin schließlich auf Bali gelandet, liebe Freundin, und werde hier endlich Wurzeln schlagen. Ein Engel lebt an meiner Seite, die Papayas sind kürbisgroß, und Du solltest keinesfalls sterben, ohne den sunset von Kuta gesehen zu haben!

Sina, ganz im Ernst: Was hältst Du von real estate unter Palmen? So sieht jedenfalls mein Lebenstraum aus: »Martins Nirvana-Club«, wie klingt das in Deinen juristisch verbildeten Ohren? Spitze, was???

Warum kommst Du nicht einfach mal vorbei und hängst Deinen Luxuskörper in die Sonne? Alles da, was der Mensch braucht – lauschige Losmen, türkisblaues Meer, anmutige Menschen, kühle Drinks. Sogar die Kühe sehen aus wie Gazellen!

Mit einem Wort: Zum Verrücktwerden schön ist es hier!

Alles Liebe von Deinem alten Martin

Spinner! dachte Sina, wider Willen ein bißchen gerührt. Und neidisch. Jetzt war selbst *der* gelandet. Soviel Glück um sie herum war wirklich kaum zu ertragen.

Als hätte sie die dunklen Gedanken gespürt, stand Hanne in der Türe. Sie trug ein schickes schwarzes Kostüm, das in Schnitt und Material an die vierziger Jahre erinnerte.

»Geht's dir gut?« fragte sie besorgt. »Du siehst so spitz um die Nase aus.«

Sina zuckte die Achseln. »Mußt du nicht längst los?«

»Du hast nicht zufällig Lust mitzukommen?« schlug Hanne vor. »Wir haben noch eine Karte übrig, weil Bills Freund gerade abgesagt hat. Oder willst du dich lieber wieder mit deinem Kater zu Hause einigeln?«

Der letzte Satz kam aggressiv.

»Getroffen«, grinste Sina zurück. Hannes Single-Rettungsprogramm war zu offensichtlich. Man konnte ihr schlechtes Gewissen kilometerweit riechen.

»Du weißt doch, wie bedingungslos Taifun auf seine ruhigen Abende vor dem Kamin besteht.«

»Man könnte meinen, daß du auf die sechzig zugehst und nicht erst lächerliche Paardreißig zählst«, parierte die andere. »Du wirst noch richtig wunderlich, wenn du so weitermachst!«

Eine Wolke *Eternity* blieb hinter ihr zurück.

Jetzt wurde es wirklich ernst. Sogar ihr Parfum hatte sie in den letzten Wochen gewechselt.

Das Katzenklo zu Hause stank zum Gotterbarmen. Taifun kauerte auf der Sofalehne, keine Spur stolzer Miniatur-Langhaarpanther, sondern ein heißes, kläglich miauendes Häuflein Elend. Sein Freßnapf war unberührt, das Wasserschälchen bis zum letzten Tropfen geleert. Sina schalt sich für ihre Unaufmerksamkeit. Sie hatte im Streß des morgendlichen Aufbruchs das Wichtigste vergessen. Nirgends schlabberte er so gern wie aus dem halbeingelassenen Bidet.

Er hechtete in ihren Schoß und begann mit dem »Liebesding«. Das war der Milchtritt, den er seit kleinsten Katertagen nie verlernt hatte. Nachdem ihr Angorapulli in Nabelhöhe gründlich vollgesabbert war, begann er zu schnurren, und sie atmete auf. So dramatisch schien seine Malaise doch nicht zu sein.

Sie schob ihn ein Stück beiseite und beäugte ihn kritisch. Seine Nase war eindeutig kühler geworden, und er sah, von der Seite betrachtet, beinahe zufrieden aus. Hatte er ihr wieder eine seiner gelegentlichen Lektionen in punkto Pünktlichkeit und Fürsorge erteilen wollen?

Vorsichtig hob sie ihn hoch und legte ihn in seine Schlafmulde, hoch oben auf dem verschwenderisch ausgestatteten Kratzbaum. Mit einem kleinen Quäken ließ er sich die Verlagerung gefallen.

Dann machte sie sich an die Arbeit. Nachdem die Wohnung halbwegs aufgeräumt, das Katzenklo wieder sauber war und sie sich gerade mit einem Glas Rotwein auf dem Sofa niedergelassen hatte, läutete es. Einmal, dann dreimal.

»Ja?!« raunzte sie in die Haussprechanlage. Es gab kaum etwas, das sie weniger ausstehen konnte, als unangemeldete Besucher.

Ein Scharren an der Türe.

»Ich wußte, du würdest zu Hause sein!« Vor ihr stand mit breitem Lächeln Carlo van Rees.

»Komm rein«, sagte sie nicht gerade begeistert und fuhr sich unwillkürlich mit den Fingern durch die Haare. »Warum hast du nicht vorher angerufen?« Ihre Stimme klang widerborstig. Auch zehn Jahre dickste Freundschaft waren kein Grund, ihre ungeschriebenen Regeln zu mißachten. »Mir ist überhaupt nicht nach Menscheln zumute!«

»Eben drum. Ich hatte nicht die geringste Lust auf eine intelligente Ausrede. Der Prophet und der Berg – du erinnerst dich dunkel?«

Er hielt ihr eine große Papiertragetasche unter die Nase, der köstliche Gerüche entströmten. Dann war er schon an ihr vorbei und begann, an dem großen Tisch in der Nische zu hantieren.

»Wo sind die Kerzen?« strahlte er. »Bleib, wo du bist! Ich finde mich zurecht!«

»Darf ich fragen, was das werden soll?« fragte sie, noch immer krätzig.

»Überraschungsparty!«

Er linste anzüglich zu ihrem Rotweinglas und dem Teller mit dem müden Knäckebrot, von dem sie nicht einmal abgebissen hatte. »Alles von dem einzig genießbaren Chinesen Münchens! Oder soll ich meine Delikatessen aus dem sagenumwobenen *Tai Tung* gleich wieder einpacken? Du weißt doch, daß es quasi unmöglich ist, am Friedensengel einen Parkplatz zu ergattern!«

»Nein, du widerliche alte Nervensäge«, sagte sie und mußte wider Willen lächeln. »Wer könnte dir widerstehen?«

Dennoch wollte während ihres Mahls nicht die gewohnte heitere Stimmung aufkommen. Sina war schweigsam, Carlo blieb ungewöhnlich ernst. Kein gespieltes Jammern über die zu gute Auftragslage, keine Bonmots über die Niederungen der Therapeutenszene. Selbst hauchdünne Frühlingsrollen mit scharfer Füllung, Ente Kantoneser Art und frische Lychees schienen seine Nachdenklichkeit nicht wirklich zu vertreiben. Über seinem Rotweinglas musterte er sie immer wieder kritisch.

»Du mußt wieder anfangen, große Träume zu träumen, meine Schöne«, sagte er schließlich. »Irgend etwas läuft bei dir schief. Und das schon verdammt lange.«

Sie rauchte und hielt den Mund.

»Es nützt nichts, dem Leben davonzulaufen«, bohrte er weiter. »Damit machst du nichts besser. Auch dein durchaus nicht untalentiertes kriminalistisches Dilettieren in jüngster Zeit ist kein geeigneter Ersatz fürs Dabeisein.« Er deutete hinüber zum Kater, der es sich auf seinem Designersakko bequem gemacht hatte und faul zurücklinste. »Und der schon gar nicht!«

Sina sah ihn schweigend durch große, gleichmäßige Rauchringe an.

»Du bist viel zu gut, Mädchen, um nur vom Rand aus zuzuschauen. Es hilft alles nichts, glaub mir! Du mußt dich schon selbst ins menschliche Getümmel stürzen. So richtig mit Herz-Schmerz und allem!«

»Schrecklich, diese Therapeutenbesserwisserei!« murmelte sie. »Wird ja von Jahr zu Jahr übler!«

»Wer, wenn nicht dein alter, väterlicher Freund Carlo, sollte dir den Kopf waschen? Sonst traut sich ja keiner, einen Piep zu sagen. Feige kuschen sie alle vor dir, vor der attraktiven, aggressiven, aber einsamen Frau Doktor mit dem schnellen Mundwerk!«

»Du wirst meine Krallen gleich in deinem Fleisch spüren!« Sina V. Teufel saß wie auf dem Sprung. »Einfach abends reinschneien! Und dann noch reihenweise dumme Sprüche ablassen!«

Aber Carlo war durch nichts zu bremsen.

»Tag und Nacht diese verbiesterte Arbeiterei! Es ist bereits ein Alarmzeichen zweiten Grades, deinem besten, einzig wahren Freund ständig abzusagen – zwei geschlagene Monate waren wir nicht mehr zusammen essen! Was ist los mit dir, Gesine Valerie? Lebendig begraben, oder was? Nicht einmal von einem gutaussehenden Nichtsnutz in deiner Nähe hat man in der letzten Zeit gehört! Wann genau war noch mal dein letzter Urlaub?« Sein Ton klang streng.

Sie zuckte die Achseln.

»Ich jedenfalls kann mich nicht mehr daran erinnern. Einfach mal wieder ausspannen, Sina! Seele baumeln lassen und über ein paar Dinge nachdenken.«

»Keine schlechte Idee«, erwiderte sie zu seiner Überraschung und ging hinüber zum Fenster, von dem aus man an wolkenlosen Tagen einen malerischen Blick über die Dächer Neuhausens hatte. »In den Flieger und nichts wie los! Was hältst du vom Osten? Genauer gesagt Südostasien?«

»Hat sich dort unten vielleicht einer deiner abgelegten Renzos oder Markus-Mäuschen breitgemacht?« fragte er prompt zurück. »Oder sonst ein hübscher Fatzke, ein Tom oder Fred oder Mike, den du bislang vor mir verheimlicht hast? Wenn nicht: Im Prinzip gut, aber ein bißchen weit!«

»Das ist es ja, was mir so gut daran gefällt!« Ihre dunklen Augen funkelten. »Viele der frühen Reisenden dachten nicht im Traum daran, von paradiesischen Inseln überhaupt noch mal zurückzukehren. Paß auf, Carlo, vielleicht geht es mir ähnlich, wer weiß!«

Plötzlich schien sie es eilig zu haben, ihn loszuwerden. Brummig, weil er den Großteil seiner Argumente für sich behalten mußte, schnappte sich Carlo den Abfall und ging.

»Einen alten Kerl wie mich so schlecht zu behandeln«, maulte er beim Abschied. »Wenn du für nächste Woche keinen Termin für eines unserer Testschlemmeressen frei hast, bleibe ich hier im Treppenhaus und heule die ganze Nacht wie ein verstörter sibirischer Schlittenhund!«

»Mittwoch«, versprach sie schnell und schob ihn aus der Türe. »Mittwoch abend. Ganz bestimmt.«

Auch die sonst probate Badewanne half nicht entscheidend weiter. Als sie anschließend ihre Bikinis vor dem großen Spiegel probierte, fand sie ihre blasse Haut herbstmüde und unansehnlich.

Was war los mit ihr?

Zum erstenmal, seitdem sie die Dreißig überschritten hatte, ballte sich der kommende Geburtstag als schwarze Wolkenfront vor ihr zusammen. Sechsunddreißig – und was dann? Wieder ein festliches Abendessen mit Carlo, in einem der zahllosen schicken Münchner Lokale?

Oder lieber Familienfeier mit ihrer Freundin Friederike, bei der sie das Regal mit den Alkoholika nicht aus den Augen lassen durfte und stundenlang gegen den Weltschmerz der anderen anstrampeln mußte?

Variante drei wäre die Kanzleifeier im trauten Kreis der Damen. Mit Hannes schwimmendem Blick, Marinas versteckten Seufzern, Tillys abgenudelten Sprüchen und Ankes rotzigen Kommentaren?

Allein der Gedanke daran weckte alle Fluchtinstinkte in ihr. Aber was, zum Teufel noch mal, war plötzlich anders als bisher? Und was sollte sie auf einer tropischen Insel, wo Kühe wie Gazellen aussahen? Martin und seine maßlosen Übertreibungen – wahrscheinlich würde er ihr mit seinem Engel an der Seite schon nach wenigen Tagen unsäglich auf den Geist gehen!

Wie ein fleischgewordener Widerborst kroch sie in ihr Bett. Taifun, der die kritische Lage witterte, dachte nicht daran, sich heute nacht um die Eroberung des Kopfkissens zu bemühen.

Für solche Fälle gab es schließlich das ruhige, gemütliche Plätzchen neben dem Kamin.

3

Erst im Flieger fand sie Zeit zum Atemholen. Sie stöpselte den Discman auf die Ohren, der Kunstführer *Bali* lag griffbereit. Zur Einstimmung bestellte Sina Champagner, den eine der rehäugigen Stewardessen im knöchellangen Balmain-Kostüm servierte. Natürlich lächelnd.

Singapore Airlines. Schon der Name allein klang wie eine Verheißung.

Nach den ersten Schlucken dachte sie an das Telegramm, mit dem sie Martin ihr Kommen avisiert hatte. Dann an die vergangenen hektischen Tage, die wie im Nu verflogen waren. Und schließlich an den halben Aufstand, den ihre spontane Buchung in der Kanzlei hervorgerufen hatte.

»Das kannst du nicht bringen!« protestierte Hanne voller Empörung. »Bill und ich wollten doch über Allerheiligen eine Wien-Woche einlegen!«

»Und Ihre ganzen Termine?« So begann Tilly Malornys Wehklagen, die sich wie stets in akuten Krisen auf ihre Position als Bürovorsteherin berief. »Sie stürzen uns ins Chaos!«

»Haben Sie gar keine Angst, so allein in den Tropen?« lautete Marina Königs nicht gerade ermutigender Beitrag.

»Aber doch nur bis zur Schmerzgrenze von Dreißig! Danach ist Sense. Mach dir lieber keine falschen Hoffnungen!« Typisch Anke, die ihr Recht auf Dauerfrechheit aus dem Umstand ableitete, daß sie Friederikes Tochter war und Sina ihr quasi schon die Windeln gewechselt hatte.

Sina war ungerührt geblieben.

Zu vieles mußte vor ihrer Abreise noch geregelt werden: Termine umorganisieren, Mandanten vertrösten und neu motivieren. Außerdem hatte sie ihren Freund und Kollegen Louis Levin als Vertretung benachrichtigt, Taifun standesgemäß untergebracht, Resochin besorgt und sich in letzter Minute die Spritze gegen Hepatitis A verabreichen lassen.

Auf Carlos nachdrückliche Empfehlung hin bestand ihr Gepäck für den Hinflug nur aus einer mittelgroßen Reisetasche, in der weitere Falttaschen untergebracht waren. »Für Beutezüge. – Ich bin sicher, du wirst diverse balinesische Kunstschätze entdecken.

Und denk dran, Sina, das Zauberwort auf allen fernen Inseln heißt *shipping!* Man freut sich beinahe noch mehr, wenn man die feinen Teilchen sechs Wochen später zu Hause Stück für Stück aus der Holzwolle schälen kann.«

Sie war also für alle Eventualitäten gerüstet. Sonnencreme, Kamera, Reiselektüre und Tarotkarten steckten im Handgepäck, neben *Indonesisch für Globetrotter* und Martins Rückantwort, die nicht lange auf sich hatte warten lassen.

Toll, daß Du Dich so spontan aufraffen kannst! Du kommst gerade in unsere heiße Planungsphase! Habe Dir ein traumhaftes Zimmer im Rama Ocean View *reservieren lassen, nicht weit von unserem Domizil entfernt. Bring ordentlich Kohle mit, wenn Du Dein gigantisches Schwarzgeld sicher und gewinnbringend investieren willst – lohnt sich auf alle Fälle! Bin für jeden Betrag offen und dankbar.*

Hole Dich selbst am Flughafen ab. Falls ich im Behördenkram steckenbleibe (kann hier manchmal sein!), komme ich abends in Dein Hotel!

Kuß Martin

P.S. Sri freut sich auch schon sehr auf Dich!

Das war mehr als zehn Tage her. Auf ihre knappe Bestätigung hin hatte er sich nicht mehr gemeldet. Typisch Martin, dachte sie amüsiert, und schämte sich ein wenig über ihre eigene Pingeligkeit. Mußte wohl was mit ihrem Beruf zu tun haben. Sie kannte mehrere Kollegen, die ähnliche Auswüchse an sich beobachtet hatten.

Schon beim Kapitel über das in vielen balinesischen Dörfern noch verbreitete Zahnfeilen beim Pubertätsbeginn war sie eingeschlafen. Ein paarmal kam sie während der langen Nacht hoch, um festzustellen, daß auch die hübschesten Stewardessen kein echter Ersatz für fehlende Beinfreiheit waren. Dann ließ sie sich wenigstens mit einem der kühlen Getränke trösten, die auf Tabletts gereicht wurden und versuchte, wieder ins Reich der Träume zu flüchten.

Selbst beim Zwischenstopp in Singapur, wo alle Reisenden wie eine Herde Schlafwandler in den aufgemotzten Flughafenpalast getrieben wurden, um den Anschluß nach Denpasar auf dem Nachbargate zu erreichen, wachte sie nicht richtig auf.

Sie landeten auf Bali, als die Sonne wie ein riesiger Feuerball ins Meer sank. Sinas Kopf brummte, und ihre Fesseln hatten nach knapp sechzehn Stunden in der Luft geradezu elefantöse Ausmaße erreicht. Sie packte ihre Siebensachen zusammen und verfluchte ihre Kneif-Jeans, mit denen sie dem heimatlichen Wolkenbruch entflohen war. Zum Glück steckten bequeme Seidenhosen in ihrer Reisetasche. Sie konnte es kaum noch erwarten.

Zuvor aber waren jede Menge Einreiseformalitäten zu erledigen. In der Warteschlange hatte Sina ausreichend Gelegenheit, den spröden Charme des offensichtlich neu erbauten Flughafens zu genießen. Es roch nach Beton und frischem Holz, und, wenn die automatischen Glastüren aufgingen, kam ein Schwall lauer Tropennacht herein, gewürzt mit einer ordentlichen Prise Benzindunst.

Vor den Türen ballten sich Horden von Taxifahrern,

bemüht, potentielle Kunden durch Rufen, Pfeifen und ausgiebiges Schnalzen auf sich aufmerksam zu machen.

Sina reckte den Hals, um im Gewühl Martins blonden Schopf zu entdecken, der die kleinen Balinesen ein ganzes Stück überragen müßte. Schließlich gab sie es auf und konzentrierte sich auf das Förderband, das den Wartenden Taschen und Koffer mit vehementer Zentrifugalkraft entgegenschleuderte.

Martin war nicht gekommen.

Es nutzte nichts, immer wieder nach links und rechts zu starren. Zudem stand sie ausgesprochen ungünstig.

Sina spürte, wie leise Enttäuschung in ihr hochkroch, ein fades Gefühl der Besserwisserei, das sie selbst nicht leiden konnte.

Am wenigsten bei Urlaubsbeginn.

Kurz entschlossen überantwortete sie ihre Tasche, die sie bislang tapfer gegen alle Avancen verteidigt hatte, einem der zahllosen Taxifahrer und stieg in sein Auto ein.

Schlitten wäre sicherlich der richtigere Begriff gewesen. Er fuhr einen uralten roten Chevy, dessen Fond wie ein Schiffsrumpf hin- und herschwankte, und der offenkundig bessere Zeiten gesehen hatte.

»Sie kommen von Deutschland?« Seine Stimme war leise und angenehm.

»Ja«, erwiderte sie, überrascht über seine akzentfreie Aussprache.

»Wohin Sie möchten?«

»Hotel *Rama Ocean View*«, antwortete sie. »In Kuta. Eine genauere Adresse weiß ich nicht. Ich hatte einen Freund erwartet. Aber er war wohl verhindert.«

»Bitte keine Sorge«, sagte er. »Kenne ich aus der Tasche. Ich Sie bringe gut und sehr schnell.«

Dann schwieg er. Sie fuhren auf einer breiten Umgehungsstraße, die wie der gesamte Flughafentrakt ebenfalls neu aussah. Am Straßenrand standen windschiefe Hütten, die eher Verschlägen ähnelten, und ein paar zerzauste Palmen. Tropen ärmlich, wie sie es befürchtet hatte.

»Keine gute Gegend«, sagte der Fahrer, als hätte er ihre Gedanken gespürt. »Wohnen nur Menschen da, die ihre Familien verloren haben. Verstehen Sie, was ich will sagen? Arme Leute. In Bali Familie bedeutet alles.«

»Und wenn man sich nicht mit seinen Verwandten versteht? Ich meine, wenn es einmal Krach gibt?«

Er lachte. »Dann man muß sprechen«, sagte er. »Manchmal lange. Und verhandeln, bis sich einig wird. Es gibt fast immer eine Lösung.«

»Wieso sprechen Sie so gut Deutsch?«

Er schien in seinem abgewetzten Sitz ein Stück zu wachsen. »Ich lerne«, erwiderte er bescheiden. »Ich mag Europäer. Besonders Menschen, die von Deutschland kommen. Viele freundlich und höflich.«

Könnte ich so nicht sagen, dachte Sina. Aber vielleicht treffe ich meistens die verkehrten.

»Sie sind wegen Ferien hier?«

»Allerdings!« lachte sie. »Ich bin fest entschlossen, mich von morgens bis abends zu amüsieren.«

»Wollen Sie auch herumfahren, Bali zu sehen?« Sein Ton wurde drängender. »Mein Wagen hat extraprima Klimaanlage!«

Auf einmal war ihr klar, worauf er hinauswollte. Deshalb die ganze Freundlichkeit!

»Vielleicht. Ich habe noch keine genauen Pläne«, erwiderte sie, plötzlich um einiges zurückhaltender. Daß er sich bloß nicht einbildete, über sie verfügen zu können! Wahrscheinlich galten alleinreisende Frauen auch auf Bali als leichte Beute.

Er kramte in seinem Handschuhfach und streckte ihr eine zerknitterte Visitenkarte entgegen.

»Made Kasih«, sagte er freundlich. »Mein Name. Mein Platz vor Rama Hotel. Jeden Tag. Ich kann Sie fahren überall. Ganze Insel.« Er machte eine kleine Pause. »Sie einfach kommen zu mir. Kein Problem.«

»Danke«, erwiderte Sina, erleichtert, daß er offensichtlich verstanden hatte, und steckte die Karte in ihre Handtasche. »Gut möglich, daß ich auf Sie zurückkomme.«

Die Straße hatte sich zu einem staubigen Feldweg verengt. Kinder und Hunde rannten neben dem Auto her, und die kleinen Häuser links und rechts sahen ein bißchen größer und deutlich gepflegter aus. Eine Menge fahrender Ein-Mann-Essenstände war unterwegs. Durch das halbgeöffnete Fenster zogen köstliche Schwaden. Dann bog er zum Meer hinunter ab, und sie waren angelangt.

Hinter einem doppelflügeligen Tor betrat Sina eine offene Empfangshalle. Sie hatte kaum Zeit, sich umzusehen, da hielt sie schon einen blütenverzierten Cocktail in der Hand.

»Welcome to Bali, Mrs. Deifel!«

»Teufel«, korrigierte sie. »Is there a message for me? From Mr. Stegmann?«

Das Lächeln der blutjungen Empfangsdame wurde schmelzend. »Little bit difficult name! I am sorry, Mrs. Deifel. No message.«

Sina zog die Achseln hoch und beschloß, ihrem Gepäck zu folgen, das auf geheimnisvolle Weise vor ihr in der Tropennacht verschwunden war. Sie sog die Luft durch die Zähne, als sie den Garten betrat.

Im Mondlicht glitzerte eine türkisfarbene Poollandschaft, um die verschiedene Bungalows großzügig angelegt waren. Orchideen zur Rechten, Kalablüten zur Linken, dazwischen hohe Dschungelgewächse, die im heimischen Blumentopf allenfalls als Miniaturausgabe gediehen.

Am eindrucksvollsten aber war der Geruch, eine weiche Mischung verschiedener geheimnisvoller Essenzen mit einer Spur Fäulnis, die einen ohne jede Vorwarnung nahezu willenlos werden ließ. All die grauen, hektischen, unerfreulichen Monate fielen ihr ein, die hinter ihr lagen, und sie mußte plötzlich lauthals lachen.

Was für ein bescheuertes Schaf sie doch manchmal war!

Auf einmal hatte sie gar nichts mehr dagegen, ihre ersten Bali-Eindrücke ohne Martin zu bekommen. Sicher würde er später auftauchen, wenn sie frisch geduscht vor einem Drink saß. Dafür hatte er jedenfalls immer ein gutes Timing gehabt.

Zunächst aber lockte der Mondscheinpool. Sie riß sich die Kleider vom Leibe, fuhr in den Badeanzug und stürzte sich in die Fluten.

Sie war nicht allein.

Ein junger blonder Mann schwamm sportliche Kraulrunden. Athletisches Kreuz, bester Stil.

Am Beckenrand saß eine zierliche Japanerin und lächelte ihr zu. Wie eine Teepuppe, dachte Sina und grinste freundlich zurück.

Sie zog ein paar friedliche Bahnen und stärkte sich anschließend im Open-air-Restaurant mit Gado Gado, dem balinesischen Nationalsalat. Bei der zweiten Margarita kam sie ins Sinnieren und wartete eigentlich schon gar nicht mehr auf Martin.

Alter Penner, dachte sie. Dann eben morgen. Selbst balinesische Engel können vermutlich ab und an besitzergreifend sein.

Mitten in der Nacht schreckte sie hoch. Ihre Träume waren schauerlich gewesen. Nichts als Leichen, die ein diabolisch grinsender Irrenarzt in irgendwelche überdimensionale Kühltruhen gestopft hatte.

Sie tapste zum Schalter und drehte die Klimaanlage aus, die versehentlich auf Hochtouren gelaufen war. Auf dem Weg zum Bett streifte sie ein T-Shirt über.

Scheißzivilisation, war ihr letzter Gedanke vor dem Einschlafen. Ist auch nicht alles Gold, was glänzt. Haben wir es doch glatt hingekriegt, daß man in tropischen Paradiesen halb erfrieren kann.

4

Gegen Mittag des nächsten Tages wurde Sina unruhig. Martin mochte unzuverlässig sein, gedankenlos aber war er mit Sicherheit nicht. Wo zum Teufel steckte er?

Sie war es leid, sich an der Rezeption ein weiteres »no-message-sorry« abzuholen. Unter dem dünnen Hemd brannte ihre Haut, und sie war in der richtigen Stimmung, ein bißchen Stunk zu machen.

Konnte doch gar nicht so schwierig sein, diesen komischen Nirvana Club zu finden!

Während die anderen Hotelgäste schattenbedürftig ins Restaurant einfielen, machte Sina sich auf den Weg.

Es war unerwartet kompliziert, einen Fahrer zu bekommen. Mades Lächeln, den sie als ersten auf dem Parkplatz angesteuert hatte, wurde dünn, als sie ihr Ziel erwähnte.

»Was Sie wollen dort?« fragte er beinahe streng zurück. Im Mittagslicht war seine Augenpartie sorgenvoll verhangen. Er mußte älter sein, als sie zunächst angenommen hatte.

»Ich suche meinen Freund. Martin. Martin Stegmann. Ein Deutscher, der dort seit einigen Monaten wohnt. Kennen Sie ihn?«

»Kenne nicht«, sagte er schnell. »Besser, Sie suchen anderen Fahrer.«

Erst der vierte, den sie ansprach, war bereit, die kleine Tour zu übernehmen. Dafür schien er so gut wie kein Englisch zu verstehen. Mit Händen und Füßen versuchte Sina, ihm das wenige klarzumachen, was sie wußte.

»May be a small house or cottage near the beach«, sagte sie schließlich halb verzweifelt. »Come on, let's try!«

Sie hatte nicht mit der Meute gerechnet, die an ihr klebte, kaum daß sie ausgestiegen war. Der Fahrer hatte am Ende einer staubigen Stichstraße gehalten und in Richtung Meer gewiesen.

Schon nach wenigen Schritten auf dem heißen Sand war sie von einer Traube älterer Frauen und Mädchen umringt.

»Massage? T-Shilt? Cool dlink?«

Ein Junge mit einem flachen Koffer steuerte sie von der anderen Seite her an. »Want a watz?«

Sie schob seine aufgeklappte Kollektion an Billiguhren ebenso energisch beiseite wie die vielen braunen Hände, die an ihren Hosen zerrten.

»What's your name? Where do you come from? Are you married? How many children?« prasselten von allen Seiten die Fragen auf sie ein.

»I am looking for a man called Martin. Wo wohnt Martin Stegmann? The German?« versuchte Sina, sich zu behaupten.

Wieder ein ähnlicher Effekt, wie zuvor am Parkplatz. Der Abstand zwischen ihr und den plappernden Frauen wurde größer. Einige kicherten hinter vorgehaltener Hand.

»Martin?« sagte schließlich eines der größeren Mädchen. »You give me thousand Rupies. I bring you to his house.«

Es sah besser aus, als sie erwartet hatte. Im traditionellen Stil aus Palmenmatten erbaut, mit einer kleinen, sorgfältig angelegten Terrasse davor. Zum Meer waren es keine fünfzig Schritte.

Die Türe stand angelehnt.

»Martin?« sagte Sina und lauschte nach innen. »Martin, alter Schuft, hast mich schwer versetzt!«

Niemand antwortete.

Auf einmal befangen, hatte sie den Impuls, an der Schwelle kehrtzumachen. Dann ging sie doch hinein.

Die drei kleinen Räume wirkten merkwürdig unbelebt. Es war halbwegs aufgeräumt, wenngleich vertrocknete Blüten aus einer schönen Bronzevase rieselten. Überall Staub und feiner, heller Sand. In einer

Nische lag, halb von Tieren aufgefressen, eines der bunten Opfergestecke, die die Balinesen mehrmals am Tag ihren Göttern darbringen.

Es sah aus, als sei seit Tagen niemand hier gewesen.

»Martin?« sagte sie noch einmal, bevor sie weiter ins nächste Zimmer ging. Ein breites Bett nahm den meisten Platz ein, eine einheimische Holzarbeit mit geschnitztem, goldverziertem Kopfteil. Die Laken waren zerwühlt, ein Paar Jeans lag zerknüllt auf dem Boden.

In einer Kommode lagen Männersachen, ordentlich gefaltet. Im Schrank fand sie ein paar bunte Sarongs. Auf dem Schreibtisch daneben ein Packen Papier, ein Bündel Briefe, einige Fotos.

Martin an der Seite einer schönen Balinesin. Das mußte Sri sein.

Das unterste Foto war übel zerkratzt und primitiv übermalt. Da hatte der Engel ein dickes Horn über der Stirn und blutete aus einer roten Filzstiftblase aus dem Mund.

Sie hielt gerade einen abgewetzten Lederbeutel in der Hand, als sie draußen Stimmen hörte. Unwillkürlich stopfte sie ihn zusammen mit dem Foto in ihre Tasche.

Zwei Männer standen in der Türe. Der eine war ein handtuchschmaler Balinese mit schwindendem Haaransatz und scharfen Magenfalten. Der andere war offensichtlich ein Ami: dunkles, schmieriges Haar zu einem dünnen Zopf genestelt, lange, gelbliche Zähne. Er trug ein buntes Hemd, offen bis zum behaarten Nabel, und viele Silberreifen am Handgelenk.

Sie fragte die beiden nach Martin. Die Antwort waren scheele Blicke und ein eher unwirsches Schulterzucken.

»I think he left«, brachte der Ami schließlich hervor und schob seinen Kaugummi in die andere Backe. »Yes, he's gone.«

Spontan beschloß Sina, seine Antwort als Lüge einzustufen. Was immer die beiden Männer hier zu suchen hatten, sie störte offensichtlich dabei.

Sie bekam nicht mehr aus den beiden heraus. Weder der Balinese noch der Ami machten Anstalten zu gehen. Sie verschränkte demonstrativ ihre Arme vor der Brust und wechselte das Standbein. Sie hatte nicht vor, vor ihnen das Feld zu räumen.

Sichtlich angesäuert zogen sie schließlich ab.

Sina blieb noch ein paar Minuten und beobachtete vom Fenster aus, wie sie in einen japanischen Kleinbus stiegen und wegfuhren.

Dann schloß sie die Türe und machte sich auf den Weg zurück zum Hotel.

Spätestens beim Ankommen wußte sie, warum die Anlage von einem hohen Zaun umschlossen war, vor dem Tag und Nacht Wachtposten patrouillierten. Der Spaziergang am Strand entlang war ihr wie ein einziges Spießrutenlaufen vorgekommen. Horden von Frauen und Mädchen klebten an ihren Fersen, kleine Jungs zupften von allen Seiten an ihr herum.

Nach ein paar schweißintensiven Metern war ihre anfängliche Freundlichkeit verschwunden, und sie bekam Lust, jedem weiteren Anbieter von Cola, T-Shirts oder Uhren einfach auf den Kopf zu hauen.

Aufatmend ließ sie sich in die Geschlossenheit der

Anlage fallen und goß ein kaltes Bier hinunter. Und dann noch eines.

Vom Nebentisch spürte sie begehrliche Blicke auf ihrem überhitzten Körper. Beau, wie sie den jungen Schwimmer von gestern abend insgeheim getauft hatte, versuchte mit allen Mitteln, Kontakt mit ihr aufzunehmen. Mit seinem bronzefarbenen Athletikbody wetzte er wie ein überproportionales Appetithäppchen auf seinem Stuhl hin und her, daß sie beinahe Angst bekam, er könnte ihn im nächsten Augenblick durchgescheuert haben.

Zu alledem schien er auch noch Australier zu sein. Eine Horde leicht bedudelter *aussies* krakeelte bereits seit dem Vormittag am Pool herum.

Sina flüchtete in ihren Bungalow und stellte sich unter die kalte Dusche, bis die Haut prickelte. Dann legte sie sich nackt aufs Bett, rauchte und dachte nach.

Irgendwann schlief sie dabei ein.

Am Abend kam ihr die ganze Anlage mehr und mehr wie ein geschmackvoll ausgestattetes Gefängnis vor. Von einer netten Holländerin, die ungeniert im Liegestuhl ihren Säugling stillte, hatte sie einen heißen Tip für »draußen« bekommen: *Mades Warung,* seit Jahren das Szenelokal von Kuta schlechthin, wie ihr die blonde Frau treuherzig versicherte.

Ostentativ ließ sie Made Kasih links liegen, der ihr verblüfft hinterhersah, und stieg in ein anderes Taxi.

Wie Perlen einer unendlich langen Kette glitt eine nächtlich angestrahlte Hotelanlage nach der anderen an ihr vorbei. Allmählich begann sie zu verstehen, was für Chancen sich Martin mit seinem »Nirvana

Club« ausrechnete. Der Platz um sein Häuschen herum war das einzig größere Strandareal weit und breit, das noch unbebaut war.

Sie revidierte ihre bisherige Vorstellung von Trubel, als sie den Ort erreichten. Die Hauptfeststraße des Münchner Oktoberfestes war ein Witz dagegen.

Wildes Hupen, Tuten und der Sound aus unzähligen Ghettoblustern empfingen sie. Autos schoben sich als lange Blechschlange im Schrittempo voran. Überall wuselten Menschen, die meisten mit einem Koffer oder anderen Behältnissen ausgerüstet, die ihre Waren bargen. Wer ein festes Ladengeschäft sein eigen nannte, begnügte sich damit, Schreie oder Lockrufe auszustoßen.

Dazwischen rudelweise Touristen, die teils gelangweilt, teils interessiert auf diese Reizüberflutung reagierten.

Sie dachte an Flucht. Dann besann sie sich auf ihren knurrenden Magen und ging die paar Schritte zum Lokal. Aufatmend ließ sie sich im hinteren Teil in einen bequemen Korbstuhl sinken und bestellte die erste Margarita. Jetzt erst war sie in der Lage, ihre Umgebung wahrzunehmen.

Unter trägen Ventilatoren, beschallt von »Santana«, schien sich hier alles versammelt zu haben, was sich selbst zu den *beautiful people* auf der Insel der Götter zählte. Für Internationalität war gesorgt. Deutsche Töne drangen ebenso an ihr Ohr wie englische und französische sowie die unterschiedlichsten gutturalen Sprachen des Nordens.

Die Balinesen beschränkten sich darauf, in grellen Hemden freundlich, aber ziemlich uneffektiv jeden Teller einzeln zu servieren.

Im Gegensatz zu ihrer bescheidenen Aufmachung schimmerten Perlen auf der üppig zur Schau gestellten Haut der weiblichen Gäste, und einige ihrer männlichen Begleiter hatten sich im Zöpfchenlook stylen lassen. Das war eine der Stranddienstleistungen, auf die Sina nur zu bereitwillig verzichtet hatte.

Sie bestellte Sashimi, die prompt gebracht wurden, und legte eine Gedenkminute an Carlo ein, der angesichts der niedrigen Preise unweigerlich in Verzükkung geraten wäre.

Es machte ihr Spaß, allein zu essen und sich von der Musik wegtragen zu lassen; »Supertramp« riefen eine Reihe von Bildern und Erinnerungen in ihr wach.

Martin, dachte sie. Martin. Martin.

Immer die ganz großen, die ganz schnellen Pläne hatten es sein müssen. Ob er sich in diesem Punkt geändert hatte?

Und dann der Katzenjammer, wenn wieder eine seiner Seifenblasen zerplatzt war! Mehr als einmal war er anschließend für eine Weile auf Tauchstation gegangen, in der kindlichen Hoffnung, die Welt würde ihn ebenso ignorieren wie er sie.

Was mochte diesmal passiert sein?

Sich zu bescheiden, gehörte jedenfalls nicht zu seinen Stärken, und mit dem Abwarten hatte er auch seit jeher seine liebe Not gehabt.

»Alles und vom Besten, am liebsten sofort.« Sein Lieblingsmotto hatte sie noch heute im Ohr.

Ein Utopist, ja, das war er. Ein Traumtänzer, der an eine neue Welt glaubte und sich sehnlichst wünschte, mehr als eine Frau auf einmal zu lieben.

Ein lang vergangener Abend fiel Sina ein, an dem seine italienische Flamme Joanna aus Mailand zu Besuch gekommen war und sie mit ihren Bernsteinaugen vieldeutig angefunkelt hatte, bis ihr ganz anders zumute geworden war. Nach reichlich Prosecco tat sich die Frage auf, wer wo schlafen würde.

Und mit wem.

Sie allerdings hatte im letzten Moment gekniffen – um dann die ganze Nacht wach zu liegen und auf das Stöhnen, Wälzen und Girren aus dem Zimmer nebenan zu lauschen.

Sie brauchte keine dritte Margarita mehr. Sie war bereits sentimental.

Gedankenverloren schaute sie zum Nebentisch und nahm die stecknadelgroßen Pupillen der beiden jungen Mädchen wahr, die dort saßen. Blond und vollbusig, mit einem blanken, ein wenig naiven Kindergesicht die eine; die andere schlank, lausbubenhaft, mit kurzen, nußbraunen Locken. Vollkommen exaltiert. Sie sprudelte italienische Satzkaskaden hervor.

Sina schaute von den beiden Teenies zu dem schlechtrasierten Typen mit dem dünnen Zopf daneben und kapierte auf einmal.

Drogen.

Sie war sich ganz sicher.

Unwillkürlich kam ihr der Beutel in den Sinn, den sie bei Martin eingesteckt hatte. Sie konnte nur hoffen, daß Gelbzahn sich nicht zu früh von ihr irritieren lassen würde.

Sie machte die Ohren lang und schnappte seinen Namen auf. Jerry, das war der mit den langen Hauern.

Er war gerade dabei, große Gambas auf Gemüsebett so schweinisch-genußvoll in sich hineinzuschlürfen, daß ihr nur vom Zuschauen ganz übel wurde.

Ob er sie schon erkannt hatte?

Nein, mit auffrisierter Löwenmähne und goldenen Lidern sah sie ganz anders aus als die schwitzende Deutsche in Bermudas und Sonnenhut, die er heute mittag belogen hatte.

Sie schrak zusammen, als eine Frau an ihren Tisch kam, und lächelte beruhigt, als sie die nette Japanerin aus ihrem Hotel erkannte.

Sie hieß Kiko Shiinto, stammte aus Nagasaki und war als Pharmareferentin für einen internationalen Konzern tätig. Ihr zwitscherndes Deutsch verdankte sie einem achtmonatigen Crashkurs in München. Später hatte sie vier Jahre lang im Schweizer Stammhaus des Unternehmens gearbeitet. Ihre eigentliche Liebe aber gehörte München. So oft wie möglich war sie dorthin zurückgekommen und würde es auch zukünftig tun. Fernreisen waren Kikos große Leidenschaft.

Sina verstand sich auf Anhieb mit ihr. Sie wurde ihr gleich noch um ein paar Grade sympathischer, als sie Kikos kritische Blicke bemerkte, die zum Nebentisch wanderten. »Blöder Typ«, lästerte sie. »Jedesmal, wenn du in das Lokal kommst, hockt er da. Und jedesmal sind die Mädchen hübscher und jünger.«

Leider blieb nicht viel mehr Zeit als für ein Glas Rosé. Dann mußte Kiko los, weil eine japanische Hochzeit im original balinesischen Stil auf sie wartete. Mit Karaoke-Einlage.

Sina beneidete sie nicht darum.

Am Nebentisch waren inzwischen die Karten neu verteilt. Zwei weitere Gäste waren hinzugekommen. Der eine war ihr blonder Beau, der andere ein Rothaariger. Unangenehmer Typ. Milchstraßen von Sommersprossen und hummerrote Muskelpakete unter einem zerfransten Muscle-Shirt. Dreistes, ein wenig tumbes Geschau. Sein gedehntes Englisch klang zum Davonlaufen.

Jerry war auf engste Tuchfühlung mit der kleinen Blonden gegangen; die dunkle Italienerin hing malerisch über zwei Stühlen und langweilte sich ostentativ zu Tode. Beinahe schon aggressiv versuchte sie, Beau in ein Gespräch zu verwickeln, was aber an seinem unübersehbaren Desinteresse scheiterte. Er schien fest entschlossen, Sina mit seinen Blicken aufzufressen.

Das Mädchen wurde zusehends saurer. Erst begann sie provozierend zu summen, dann rezitierte sie halblaut. Dante, *Comedia Divina,* wie Sina nach einiger Zeit amüsiert bemerkte.

Ihre Blicke trafen sich. Sie mußten beide grinsen.

In halb englischem, halb italienischem Kauderwelsch begann Paola loszuplappern und ließ ihre Fragen auf sie niederprasseln. Sina konnte kaum antworten, so hektisch redete die andere.

»A german friend of mine has been living here in Kuta for a while«, sagte Sina schließlich. »May be you know him. His name is Martin. Martin Stegmann. From Berlin.«

»Ma è morto!«

Erschrocken hielt sich das Mädchen die Hand vor den Mund und schielte ängstlich zu Jerry.

»Was hast du gesagt?«

Sinas Puls ging schneller. Warum nur war sie so bescheuert gewesen, das Foto im Hotel zu lassen?

»Martin soll tot sein? Woher weißt du das? Wo ist er?«

»Niente, niente!« Paola schoß aus dem Sessel und

schien nicht mehr in der Lage, auch nur für einen Augenblick stillzustehen. »Listen – ho detto niente! Everything is o.k.! I have to leave now. Ciao!«

Sie verlor sich draußen im Gewühl.

Gelbzahn schickte ihr einen müden Blick hinterher. Dann ließ er seine Zunge in die rosige Ohrmuschel des kichernden blonden Mädchens gleiten.

Die brodelnden Straßen waren unerträglich. Wie eine Schlafwandlerin ging Sina Teufel durch die lärmende Menge und wich erst im letzten Augenblick einem der offenen Schächte aus, unter denen die Kanalisation gurgelte.

Obwohl die Luft noch immer so warm war, als bliese ein Fön auf Höchststufe, fühlte sie sich kalt und klamm. Jetzt hätte sie viel darum gegeben, Carlo oder Hanne in der Nähe zu haben, um sich die Angst von der Seele zu reden.

Falls es etwas zum Wegreden gab.

Der Ausdruck blanken Entsetzens in Paolas Augen sprach eindeutig dagegen.

Sie machte offensichtlich einen so desolaten Eindruck, daß selbst die miesesten Schlepper Hoffnung schöpften. An der Kreuzung, wo sich die Bemo-Fahrer versammelten, wanzte sich ein Pockennarbiger von hinten an. Nachdem sie das Ziel genannt hatte, unterbreitete er ihr den kühnen Vorschlag, sie für 12 000 Rupien zurück ins Hotel zu fahren, beinahe das Dreifache, was üblicherweise eine Taxifahrt kostete.

Es gelang ihr kaum, ihn wieder abzuschütteln. Inzwischen waren auch die anderen auf sie aufmerksam geworden und umringten sie schnatternd.

Auf einmal hatten die braunen Gesichter um sie herum nicht mehr viel mit der Verbindlichkeit und Höflichkeit zu tun, die sie bislang bei den Einheimischen erlebt hatte. Der dünne Firnis der Freundlichkeit war abgeblättert, Gier und kaum versteckte Aggressivität sprangen sie an. Ihnen auf einer weniger belebten Straße gegenüberzustehen, mochte sie sich gar nicht erst vorstellen.

Aus den Augenwinkeln sah Sina einen großen roten Fleck, der rasch näher kam.

»Viel böse Gegend«, sagte Made, als sein Taxi neben ihr anhielt. »Viel böse Menschen hier. Bitte einsteigen! Ich Sie fahre lieber nach Hause.«

»Mein Freund ist tot«, sagte sie, als sie im Fond saß, und begann zu weinen. »Martin soll tot sein.«

Der Mann am Steuer schwieg.

»Aber er kann doch nicht einfach verschwunden sein!« Ihr Schluchzen wurde lauter. »Wie finde ich heraus, ob er gestorben ist? Und woran?«

Noch immer keine Antwort.

»Haben Sie mich nicht verstanden?« Jetzt schrie sie beinahe.

»Habe verstanden«, sagte er schließlich leise. Seine Stimme klang bedrückt. »Besser manchmal, Tote ruhen lassen.«

»Was wissen Sie?« Sie hatte Lust, ihn durchzuschütteln. »Raus mit der Sprache! Was geht hier vor? Ich weiß genau, daß Sie etwas wissen!«

»Vielleicht Sie gehen morgen früh noch einmal nach Kuta«, sagte er langsam, als bereite ihm jedes einzelne Wort große Mühe. »Zu ... Verwaltung.« Er suchte lange nach dem richtigen Begriff. »Oder vielleicht besser noch zu Polizei. Dort Sie erfahren, wenn

Freund ist tot. Wird alles registriert. Dann Sie werden wissen.«

»Wieso Polizei?« fragte Sina alarmiert und gab die Suche nach einem Taschentuch auf. »Was ist passiert? Helfen Sie mir, Made!«

»Vielleicht schon zu spät, zu helfen«, sagte er unbestimmt.

Sie sah, wie sein Rücken sich versteifte.

»Versuchen Sie morgen«, wiederholte er ungerührt und wich einem der zahllosen Schlaglöcher aus. »Dann Sie werden wissen mehr.«

Im Bungalow öffnete sie mit zitternden Fingern Martins Lederbeutel. Sie holte ein dickes Bündel Geldscheine heraus, alles Hundertdollarnoten. Sie zählte vierzig grüne Scheine.

Danach zog sie einen wunderschön gearbeiteten Elefantenanhänger an einer silbernen Kette und zwei kleine Plastiktütchen, gefüllt mit feinem, bräunlichem Pulver, aus dem Beutel.

Sie schnüffelte, befeuchtete ihren Finger, hielt eine Probe unter die Nase. Es roch streng, nach bitterer Medizin.

Heroin war das erste, was ihr durch den Kopf schoß. Und gar keine so kleine Menge. Auch ohne Briefwaage schätzte sie es auf circa fünf Gramm.

Keine Ahnung, was es wert sein konnte. Der einzige, der sich mit so was auskennen könnte, war Louis Levin. Und München war verdammt weit weg.

Sie brauchte zwei Zigaretten, bevor sie wieder einigermaßen klar denken konnte.

Martin, du verdammter Idiot! fluchte sie stumm. Harte Drogen! War das deine prima Idee, an einen eigenen Ferienclub zu kommen? Ob noch mehr von dem Zeug in seinem Haus rumlag?

Jetzt wußte sie zumindest, wonach Gelbzahn und sein balinesischer Kumpan gesucht hatten.

Aber wo steckte das Mädchen?

Sie mußte Martins Engel finden.

5

Nichts war so schlimm wie der Anblick seiner nackten Füße.

Den ganzen Vormittag über hatte Sina versucht, sich innerlich auf die Konfrontation mit Martins Leiche vorzubereiten. Aber da war noch immer diese kleine, glimmende Hoffnung gewesen, die sie nicht loslassen wollte.

Er konnte, er durfte nicht tot sein!

Auf der Polizeistation in Kuta erfuhr sie, daß ihre Hoffnung vergeblich gewesen war. Allein die bloße Erwähnung seines Namens reichte aus, um sie auf ein imaginäres Surfbrett zu katapultieren, das hinaus in den Kosmos trieb. Glibbriger Schleim schien an ihr zu haften, ein Stigma der Unberührbarkeit, das die Beamten dazu brachte, sie mit einer unverhohlenen Mischung aus Abscheu und Neugierde anzustarren.

Martin war tot.

Sie wußte es, bevor der jüngere von beiden einen verblichenen Aktendeckel aus dem Regal nahm und umständlich zu blättern anfing.

Gestorben vor drei Tagen. Da war sie gerade in München weggeflogen.

Sie hatte keinen Wagen gemietet, sondern war, ohne viel nachzudenken, am Morgen einfach in Mades Taxi auf dem Parkplatz vor dem Hotel gestiegen.

Er beobachtete, wie sie später bleich und stumm aus der Polizeistation herauskam.

»Denpasar«, sagte Sina beim Einsteigen. »Gerichtsmedizin. Jalan Kenangan. Muß im Zentrum liegen.«

Sie wechselten kaum ein paar Worte während der Fahrt. Made, heute zum ersten Mal im balinesischen Sarong anstatt in seinen gewohnten Jeans, starrte auf die Straße und versuchte, im zunehmenden Chaos die Übersicht zu behalten. Offiziell herrschte Linksverkehr. In Wirklichkeit fuhr jeder überall. Umschwirrt von unzähligen Motorrädern, die wider jede Vorschrift mal von rechts, dann wieder von links an ihnen vorbeizogen, kamen sie in den Einzugsbereich der Hauptstadt.

Hier, inmitten der staubigen Gebäudezeilen und verstopften Straßen, war nichts mehr von dem tropischen Charme zu spüren, der die Insel weltweit berühmt gemacht hat. Es mußte die Hölle sein, in Denpasar zu leben.

Todesmutig wich Made einigen Radfahrern aus, die an langen Stangen Körbe mit Kampfhähnen transportierten. Hupen gellten, ein Junge trieb eine Horde kleiner Schweine über die Fahrbahn. Die alte Frau, die die Kreuzung vor ihnen mit einer Opfergabe schmückte, rettete sich mit einem Satz vor heranbrausenden Mopeds.

Das Gebäude war zweistöckig, grau und schäbig.

»Bitte warten Sie«, sagte Sina zu Made. »Ich denke, es wird nicht allzu lange dauern.«

Sie war froh, daß sie sein überraschendes Angebot,

sie zu begleiten, abgelehnt hatte. Mit ihm an ihrer Seite hätte sie Martins nackte Füße noch weniger ertragen.

Der Kühlraum war eine winzige Kammer. Auf einer Pritsche lag ein männlicher Leichnam, mit einem geflickten weißen Tuch bedeckt. Nur die Füße schauten heraus.

Sie hätte sie unter Hunderten erkannt.

Größe 47, zwei schmale, lange Kähne, von Adern durchzogen, die jetzt kälter und blauer waren als je zuvor.

Der Gerichtsmediziner war vermutlich Mitte Dreißig. Kein junger Mann mehr auf einer Insel, wo mehr als sechzig Prozent der Bevölkerung unter Zwanzig sind. Er verbreitete dienstliche Reserviertheit.

»Bitte, decken Sie ihn auf!« sagte Sina mit fester Stimme. »Ich will ihn sehen.«

Erst später fiel ihr auf, daß sie unwillkürlich deutsch gesprochen hatte.

Er war so dünn geworden!

Sie starrte auf Martins hageres Gesicht und die bekannte Ananasfrisur, in der schon reichlich weiße Strähnen blitzten. Sein Nasenbein war gebrochen, er hatte Schürfwunden an Armen und Beinen und bläuliche Quetschungen im Rippenbereich. Kein friedlicher Schläfer lag vor ihr, sondern einer, dem man übel mitgespielt hatte.

»Woran ist er gestorben?« fragte sie zittrig und strengte sich an, nicht loszuweinen. »Wieso sieht er so schrecklich aus?«

»Herzversagen«, lautete die Antwort. »Letztlich sterben wir alle an Herzversagen.«

»Das deutet aber doch auf einen Kampf hin«, beharrte sie. »Ich glaube kaum, daß er sich diese Verletzungen selbst beigebracht hat. Und was ist das da? Der blaue Fleck in seiner Armbeuge?«

Der Mediziner hob seine linke Braue. »Ein frischer Einstich«, sagte er unbeteiligt. »Harte Drogen. Vermutlich Heroin. Ich glaube, in Deutschland nennen Sie das ›Goldenen Schuß‹.«

»Martin war kein Junkie«, widersprach Sina impulsiv.

Dann mußte sie an das Pulver aus seinem Haus denken. Auf der anderen Seite hatte sie nichts dort gesehen, was im entferntesten einem Spritzbesteck geähnelt hätte. »Können Sie feststellen, ob jemand etwas über einen längeren Zeitraum genommen hat?« wollte sie wissen.

»Wozu die Mühe?« Jetzt klang die scheppernde Stimme des Mannes blasiert. »Er ist tot, und es gibt einige Leute auf der Insel, die nicht unglücklich darüber zu sein scheinen. Ein Fremder, den niemand vermißt.«

Er sah sie durchdringend an. Die grünlichen Augen konnte er kaum von balinesischen Eltern haben. Seine Haut war heller als die der meisten Balinesen, ein bräunliches Creme. Sie kämpfte dagegen, ihn als unsympathisch abzutun.

»Todesursache *ist* Herzversagen. Wollen wir es dabei belassen.« Sein Ton bekam etwas Abschließendes.

»Moment, Moment!« Sina geriet in Rage. »Sie wollen mir doch nicht weismachen, daß Sie mir erst einen Köder vor die Nase halten und mich dann wie einen Fisch zappeln lassen! Martin hat nicht gefixt, das weiß ich genau. Das paßt nicht zu ihm! Ist es nicht möglich, daß ihm ein anderer das Zeug gespritzt hat?«

»Ihr Freund war ein großer Mann«, sagte der Arzt ausweichend. »Schlank, aber mit Kraft. Jemand, der sich wehren konnte.«

»Anscheinend nicht genug.« Jetzt war sie ernstlich zornig. Es tat gut, die Trauer von heiß aufsteigender Wut verdrängen zu lassen. »Sonst würde er nicht so aussehen, geschweige denn hier liegen, oder?«

»Vielleicht bekam er es nicht ganz aus freien Stükken«, murmelte der andere widerwillig.

»Was wollen Sie damit sagen?« bohrte Sina weiter.

»Möglicherweise stehen die Verletzungen in Zusammenhang mit dem Einstich«, sagte der Arzt. »Erst schlug man ihn zusammen. Dann setzte man ihm den Goldenen Schuß. Damit man ihn für einen Fixer halten sollte. Aber das ist nichts als eine These. Es gibt keinerlei Beweise dafür.«

Er zog angewidert die Nase hoch.

»Sie mögen die Deutschen nicht«, sagte Sina verblüfft. »Sie hassen sie, obwohl Sie unsere Sprache perfekt beherrschen.«

»Sagen wir lieber, die Deutschen sind es, die Menschen mit anderer Hautfarbe und anderen Sitten nicht akzeptieren wollen«, erwiderte er steif. »Meine Mutter stammt aus Bali, mein Vater ist Holländer. Ich habe einige Jahre in Aachen studiert. Eine gute Gelegenheit, die Deutschen und ihr kaltes Land ein bißchen kennenzulernen.«

Er ließ eine kleine Pause folgen. »Ich bin gern nach Bali zurückgekommen«, sagte er. »Sehr gern.«

Sein Mund war ein schmaler, beleidigter Strich. Es hatte offensichtlich wenig Sinn, ihm mit Differenzierungen zu kommen. Er machte nicht den Eindruck, als ob er seine Meinung revidieren wollte.

»Sie haben zuvor von Leuten gesprochen, die froh sind, daß Martin tot ist«, sagte sie. »Wer könnte das sein?« Sie sah ihm direkt in die Augen.

»Bali ist keine große Insel«, erwiderte er vage. »Leute treffen sich und reden. Gerüchte machen schnell die Runde.«

»Ausländer? Waren es Touristen, mit denen er Ärger bekommen hat? Was wissen Sie? Sie müssen es mir sagen – bitte!«

Er zuckte die Achseln. »Es gibt Dinge auf Bali, die tabu sind«, sagte er ausweichend. »Absolut tabu, wenn Sie verstehen, was ich meine. Verletzt man sie, bestrafen einen früher oder später die Götter. So einfach ist das.«

Es hatte keinen Sinn. Sie schaute in eine Maske.

»Was geschieht jetzt mit ihm?« wechselte sie das Thema. »Soll ich mich um eine Überführung kümmern? Ich müßte versuchen, Kontakt mit seiner Familie aufzunehmen.« Sie überlegte. »Ich glaube, er hat eine Schwester, die irgendwo in der Schweiz lebt. Ich weiß aber nicht, ob sie nicht verheiratet ist und anders heißt.«

»Wir haben einen Friedhof für Leichen wie diese«, sagte der Gerichtsmediziner abfällig. »Dort begräbt man sie.«

»Aber doch nicht Martin!« protestierte Sina. »Er wollte immer verbrannt werden! Kann man keine lokale Feuerbestattung organisieren?«

Jetzt war das Lächeln des Mannes vor ihr böse geworden. Er reckte sich, um größer zu wirken.

»Kein Mensch auf Bali wird einem wie ihm die Gnade der Verbrennung gewähren«, sagte er langsam. »Kein einziger.«

Es tat zu weh, um zu weinen. Der Kloß in ihrem Hals, der wütende Schmerz, der sich in ihrem Magen festgefressen hatte.

Sina starrte nach draußen, wo sattgrüne Reisfelder an ihnen vorbeiglitten und Frauen schwere Wassereimer auf dem Kopf balancierten. Made hatte aus eigenen Stücken die Route geändert, als wollte er ihr durch die Schönheit der Landschaft ein wenig Trost zukommen lassen.

Sina bat ihn, unterwegs zu halten, um etwas zu trinken. So, wie sie sich momentan fühlte, sah sie sich nicht in der Lage, mit der reibungslosen Professionalität der gepflegten Hotelanlage fertig zu werden.

»Irgendwo. Es kann auch ganz einfach sein.«

Er stoppte vor einer niedrigen Häuserzeile in einem der kleinen Dörfer vor Legian. Der ganze Ort schien zu schlafen. Keine Spur von Touristen, nur ein paar Hunde, die träge im Schatten lagen.

Es war eine seltsame Mischung aus Kiosk, Lebensmittelgeschäft und Werkstatt, in die er sie führte. Sie bekam lauwarmes Mineralwasser in einem angeschlagenen Glas. Ein alter Mann deutete auf seine magere Brust und schüttelte immer wieder den Kopf. Dann wies er in eine Ecke.

Die alte Frau, offensichtlich die Chefin, zog Sina nach hinten. In einem dämmrigen Raum standen auf Regalen zahlreiche Holzfiguren. Sina machte eine abwehrende Handbewegung und wollte sofort wieder nach draußen. Die Alte aber schob sie sanft und doch nachdrücklich weiter.

Zu ihrer Überraschung begann Sina allmählich, die verschiedenartigen kleinen Gegenstände wahrzunehmen. Sie sahen gebraucht aus, verwendet, belebt.

Nichts Neues, wie die unzähligen uniformen Schnitzarbeiten, die überall an den Straßen auf Käufer warteten.

Schließlich entschied sie sich für einen flaschengroßen Ganesha, den elefantenköpfigen Sohn Shivas. Sie streichelte seinen runden Bauch und bezahlte einen niedrigen Preis. Mit ihrer Plastiktüte kehrte sie zum Auto zurück.

Made strahlte. Offenbar war er mit ihrem Kauf einverstanden.

»Das ist Bali«, sagte er beim Anfahren. »Menschen sind ehrlich hier. Keine Verbrecher.« Er nickte mehrmals, um seine Aussage zu bekräftigen.

»Warum wollen Sie mir nicht helfen, Made?« fragte Sina leise. »Mein Freund ist tot, und ich muß herausfinden, von wem er getötet wurde. Und warum. Es muß einen Grund geben. Ich bin ganz sicher.«

»Woran gestorben?« fragte er lauernd.

»Herzversagen«, antwortete sie zunächst. Was für ein Spiel spielte er mit ihr?

Made gab ein kurzes Knurren von sich.

»Und höchstwahrscheinlich an einer Überdosis Heroin«, fuhr sie fort. »Die man ihm vermutlich verabreicht hat. Ich bin ganz sicher, daß er es nicht freiwillig genommen hat. Martin war kein Drogentyp.«

»Gefährliche Sache«, sagte er nach einer längeren Pause. »Wie Öl, das man ins Feuer gießt. Verbreitet schlechten Geruch. Auf Bali alle lieben guten Duft.«

»Er hat eine Freundin gehabt, ein einheimisches Mädchen«, sprach Sina weiter. »Ich glaube, die beiden haben zusammengelebt. Ihr Name ist Sri. Martin hat sie seinen Engel genannt. Hier ist ihr Bild.«

Sie streckte ihm das verschandelte Foto entgegen.

»Ich möchte sie unbedingt finden. Vielleicht kann sie mir weiterhelfen.«

Er warf einen schnellen Blick darauf und kniff die Augen zusammen.

»Nicht gut, Familie zu verlassen«, erwiderte er heftig. »Ist eine Welt hier, eine andere in Europa. Verschiedene Sitten. Paßt nicht immer zusammen. Große Probleme. Viel Kummer. Alle traurig.«

Er hielt vor dem Hotel.

»Was wollen Sie damit sagen? Kennen Sie das Mädchen? Wo ist sie?«

Er wiegte nachdenklich seinen Kopf und schien mit sich zu kämpfen.

»Muß erst noch einmal nachdenken«, sagte er schließlich. »Mit anderen sprechen. Sie kommen morgen, mich zu fragen, o. k.? Ich bin immer da. Mein Platz vor Hotel. Kein Problem.«

Sina hatte nur einen Wunsch – mit dem nächsten Flieger zurück nach München. An Urlaub war jetzt ohnehin nicht mehr zu denken.

Wie sollte sie von hier aus Kontakt mit Martins Schwester aufnehmen?

Sogar der Vorname war ihr erst nach längerem Nachdenken wieder eingefallen. Sie hatte nicht die geringste Ahnung, wo Sabine Stegmann mittlerweile wohnte.

Und wenn sie ihre Adresse herausbekäme?

Selbst dann wäre sie keinen Schritt weiter als bisher. Ein toter Martin mit kalten blauen Füßen und sein balinesischer Engel, der sich offenbar in Luft aufgelöst hatte.

Auf der anderen Seite hatte sie das Gefühl, Martin

im Stich zu lassen, würde sie auf der Stelle nach Hause fliegen. Vielleicht gelang es ihr trotz aller Widerstände, etwas über die Umstände herauszufinden, die zu seinem Tod geführt hatten.

Er konnte jedenfalls nicht als Einsiedler hier gelebt haben. Nicht in Kuta, diesem lebendigen Ort, der aus allen Nähten platzte. Er mußte Bekannte gehabt haben, Freunde, Geschäftspartner, Kontakte zu Einheimischen. Andere mußten von seinen Plänen gewußt haben. Martin war ein geselliger Typ gewesen. Große Klappe vielleicht, aber die meisten hatten ihn in der Regel gemocht.

Falls er keinen unwahrscheinlichen Mist gebaut hatte.

Sie holte das Geld und die Beutelchen aus der Kommode und beschloß, beides im Hotelsafe zu verwahren. Die Kette mit dem Elefanten hing sie sich in einer Anwandlung von Trotz um den Hals.

Mal sehen, ob jemand darauf reagieren würde. Überhaupt war sie gespannt, wer ihr in nächster Zeit die Aufwartung machen würde.

Woher stammte das Heroin?

Ein Klopfen an der Türe ließ sie zusammenschrekken. Sie ließ Geld und Stoff unter der Bettdecke verschwinden.

»Wer ist da?«

»Ich bin's, Kiko! Störe ich? Ich habe dich heute noch gar nicht gesehen! Hast du keine Lust auf Meer und Sonne?«

»Nicht besonders«, erwiderte Sina und öffnete.

Kiko, in einem witzigen zitronengelben Badeanzug, setzte das Tablett mit den frischen Kokosnußdrinks ab. Besorgt betrachtete sie Sinas rote Augen.

»Ist was passiert?« fragte sie. »Bist du krank? Kann ich vielleicht helfen?«

»Martin ist tot«, sagte Sina und spürte, wie ihre Kehle eng wurde. »Mein Freund, der hier gelebt hat. Er plante ein großes Geschäft. Aber dazu ist es nicht gekommen. Man hat ihn zusammengeschlagen und mit Heroin vollgepumpt. Alle hier behandeln ihn wie einen Aussätzigen. Und jeden, der etwas mit ihm zu tun hat.«

»Kuta ist ein Ort der Drogen«, sagte die andere ernst. »Pilze, Heroin, synthetisches Zeug – alles, was du haben willst. Du brauchst nur in bestimmte Lokale zu gehen und zu bestellen. Es gibt Japaner, die allein deswegen immer wieder nach Bali kommen.«

»Hat man es dir auch schon angeboten?«

»Nein, aber Freunden von mir«, war die Antwort. »Sie scheinen eine gute Nase zu haben, wer dafür in Frage kommt. Man nennt sie ›Kuta-Cowboys‹. Sie machen Jagd auf naive Touristen mit Geld in der Tasche. Am liebsten sind ihnen japanische Kunden. Die haben in der Regel am wenigsten Ahnung.«

»Du mußt mir mehr davon erzählen«, sagte Sina und fingerte nach einem Tempo.

»Hier drin?« staunte Kiko und zeigte auf das zerwühlte Bett.

»Ich brauche ein bißchen Zeit«, sagte Sina. »Zum Traurigsein, Nachdenken und Grübeln. Und zum Telefonieren. Aber morgen will ich alles erfahren, was du darüber weißt.«

6

Das Fahrrad bekam sie an der Rezeption ausgehändigt. Dort vereinbarte Sina auch, wann sie wieder abgeholt werden wollte. Dann radelte sie zügig an den parkenden Taxis vorbei. Die Fahrer, zum Großteil noch mit ihrer morgendlichen Rasur beschäftigt, schauten ihr verblüfft hinterher.

Kurz vor sechs wurde es hell. Die Luft war klar; ein heftiges Gewitter hatte Sina lange vor Tagesbeginn geweckt. Ein Hinweis auf die bevorstehende Regenzeit, die allerdings, so klagten die Balinesen, von Jahr zu Jahr weniger kalkulierbar wurde. Die Klimaveränderung, die bereits den ganzen australischen Kontinent zur Anschaffung von Sunblockern und Ozonkappen getrieben hatte, forderte auch auf den Inseln des indonesischen Archipels mehr und mehr ihren Tribut. Die Auswirkungen waren noch nicht absehbar.

Auf den Blättern glänzten noch Tropfen, der Asphalt unter ihren Reifen aber war beinahe wieder trocken. Man spürte schon jetzt, daß es bald heiß und sehr drückend sein würde. Sina war froh um die Korbflasche mit Wasser und die saftige Papaya, die sie für unterwegs in ihren Korb gepackt hatte.

Sie fuhr nicht besonders schnell und paßte höllisch auf Schlaglöcher und Spurrillen auf, die das Weiterkommen nicht gerade erleichterten. Dennoch war sie bereits nach kurzer Zeit schweißgebadet und trat langsamer in die Pedale.

Die Straße führte sie an der Küste entlang durch Reisfelder und kleine Dörfer. Überall auf den umliegenden Feldern waren schon Männer bei der Arbeit, die die kleinen Kanäle des verzweigten Bewässerungssystems reparierten und Frauen, die tief gebückt neue Schößlinge setzten. Manche der Terrassen standen ganz unter Wasser, während einige Meter weiter die Reisrispen reif und gelb waren. In guten Zeiten konnte die Insel mit drei Ernten pro Jahr rechnen.

Erhitzt und mit hochrotem Kopf erreichte Sina schließlich Puri Tanah Lot. In der warmen Morgensonne lag vor ihr der berühmte Felsentempel, zu dem Tag für Tag Karawanen von Touristen pilgerten. Jetzt war Flut, und die schwarzweißen Wasserschlangen versteckten sich vor den schäumenden Gischtwellen in ihren Höhlen. Keine Chance, das Riff zu erreichen, auf dem der Tempel erbaut war. Ohnehin war es nur gläubigen Hindus erlaubt, sein Innerstes zu betreten.

Dafür genoß sie den Luxus, hier ganz allein zu sein. Noch war keine Spur von den Money Changers, Imbißwägen oder Händlerinnen mit billigem Schmuck oder Stoffen zu sehen, die sonst bis in die Abendstunden die Gegend überschwemmten. Nicht ein einziger Touristenbus. Sogar für die Buben, die üblicherweise Eintritt für das Betreten des Strands kassierten, war es offensichtlich noch zu früh.

Sina band ihren Strohhut fest und hielt Ausschau nach einem schattigen Plätzchen. Oben an den Klippen entdeckte sie ein kleines Fischlokal, das noch geschlossen war, aber ein windzerfetztes Palmvordach hatte.

Sie schob ihr Rad hinauf. Das war der richtige Abstand, um die Szenerie auf sich wirken zu lassen.

Der Tempel, den Geistern des Meeres geweiht, lag inmitten der hoch aufspritzenden Wogen, wie eine uralte Dschunke, die hier für immer vor der Küste angelegt hatte, sagte ihr kluger Reiseführer. Sie legte das Buch beiseite, setzte sich auf die Bambusbank und schaute auf seine steinernen Schreine und Pagoden hinaus.

Ein unbestimmtes Verlangen nach Einsamkeit und Klarheit hatte sie hierher geführt. Aber der heilige Ort verschloß sich ihr in seiner Andersartigkeit. Nun fühlte sie sich nur noch fremd.

Martin, dachte sie, du alter, verrückter, chaotischer Spinner, in was hast du dich hineingeritten – und mich dazu? Deine freundliche, stets lächelnde Insel macht, daß ich mich schrecklich hilflos fühle. Keine Ahnung, wie ich mit deinem merkwürdigen, sinnlosen Tod weiterkommen soll! Wer wird mir dabei helfen?

Ein leises Klingeln. Sie wandte den Kopf.

Am Strand kam eine kleine Prozession näher. Unter gelben Schirmen buntgekleidete Frauen, die Männer alle behütet mit der traditionellen Opfermütze, einem dreieckig gefalteten Kopfschmuck. Weiße und gelbe Fahnen flatterten vor ihnen an langen Bambusstangen.

Zwei der Frauen trugen auf ihren Köpfen türmchenartige Aufbauten, mit Schnitzereien und Blattgold verziert. An der Spitze schritt, einen melodischen Singsang intonierend, ein Brahmanenpriester.

Er watete ein Stück ins Wasser und ließ sich die Behältnisse reichen. Dann verstreute er unter feierlichen Gebeten die Urnenasche ins Meer. Andächtig sahen die anderen zu.

Sina beobachtete, wie er anschließend sorgfältig seine Füße abtrocknete und wieder seine Sandalen überstreifte.

»Nun kann verehrte Seele von Verstorbenen Ruhe finden«, sagte jemand halblaut neben ihr. Made, der Fahrer, mußte behende wie ein Kletteräffchen die steilen Felsen erklommen haben. Unten auf dem Parkplatz sah sie seinen Chevy blitzen.

»Später geht ein in Welt der Götter«, fuhr er fort. »Dort bekommt neue Gestalt und kann wieder auf Erde zurückkehren.«

»Ich habe nicht mit Ihnen gerechnet«, sagte Sina überrascht. »Nicht so früh. Wenn ich ehrlich bin, überhaupt nicht mehr.«

»Sie werden machen Probleme«, erwiderte er kummervoll. »Viele Schwierigkeiten. Kann sie fühlen in meinem Bauch wie große, unruhige Schmetterlinge.«

»Ich habe noch nicht einmal richtig angefangen.« Sina Teufel stand auf, bevor graue Mutlosigkeit sich ihrer bemächtigen konnte. Gerade hatte auf dem Parkplatz unten der erste Touristenbus gehalten.

»Aber ich höre erst auf, wenn ich mehr erfahren habe. Das ist mein letztes Wort«, setzte sie heftig hinzu.

»Ich weiß«, sagte Made unglücklich. »Kommen Sie, fahren wir. Ich will etwas zeigen.«

Geschickt zurrte er ihr Fahrrad auf dem Dach fest, dann brachen sie auf.

Genau im richtigen Augenblick.

Ein Bus nach dem anderen quälte sich die enge Stichstraße entlang, und sie mußten zahlreichen Kaki Limas ausweichen, den dreirädrigen Karren der fliegenden Essenshändler, die eilig an ihnen vorbeiklapperten.

»Sie haben Zeit?« fragte er unterwegs. Es klang beinahe wie ein Befehl.

Sie nickte. Das Fenster war heruntergekurbelt, und sie hielt ihre Nase in den weichen, vollen Duft, der sie wunschlos und träge werden ließ. Stundenlang hätte sie sich so kutschieren lassen können. Sie verspürte nicht die geringste Lust auf höfliche Konversation.

Sie passierten eine Bemo-Station, vergammelte Ladenfronten und fuhren an einem bunten, lärmenden Marktplatz vorbei. Schließlich hielt Made vor einem einstöckigen Gebäude.

»Museum Subak«, sagte er stolz. »Alles über Reis.«

»Ich bin nicht in der Stimmung für einen Museumsbesuch«, sagte Sina enttäuscht. Ob er sie mit seinem Standardprogramm auf andere Gedanken bringen wollte?

»Bitte kommen. Ist sehr wichtig!« drängte der Mann.

Widerwillig folgte sie ihm in eine kleine Eingangshalle, wo er wartete, bis sie zwei Billetts gelöst hatte. Sie waren die einzigen Besucher. Vor ihnen schlurfte nur ein ältlicher Aufpasser, der beim Gehen damit kämpfte, seine Gummilatschen nicht zu verlieren.

Wir stecken die ganze dritte Welt in billige Badeschuhe, dachte sie unwillkürlich. Und was kommt dabei heraus? Kontinente voller Haltungsgeschädigter, die unbedingt nach oben strampeln wollen.

Made schlug ein rasches Tempo ein, bis er in Saal 5 angelangt war. Stimmungsvolle Fotografien hingen an den Wänden, die Reisterrassen in wechselnden Lichtstimmungen zeigten.

»Sind Stufen zu Göttern«, sagte der Fahrer und deutete auf die kaskadenartige Anordnung. »Nicht für einen angelegt. Sondern für große Familien. Viele, viele Generationen. Reis ist heilig für Bali. Bedeutet Leben. Ohne Reis alle müssen sterben.«

Sina nickte ungeduldig.

»Sehen Sie Opferhäuschen?« Jetzt stand er neben einem kleinen Holzschrein. »Ist geweiht Dewi Sri, Göttin von Reis. Lieblingstöchter immer tragen ihren Namen. Gibt allen Schutz und Hilfe.«

Erst seine letzten Sätze ließen sie aufmerksam werden. »Was wollen Sie damit sagen?«

»Habe lange überlegt«, antwortete Made zögernd. »Bin noch immer nicht sicher. Aber werde sprechen.« Er machte eine kleine Pause. »Sri gehörte zu Familie von Made.«

»Gehörte?« fragte Sina zurück.

»Sie ist tot.« Jetzt war seine Stimme nur noch ein Flüstern. »Ohne Ehre gestorben.«

Die frühen Nachmittagsstunden verbrachte sie im Garten des Hotels, ein wenig abseits vom Pool, um den sich die übrigen Gäste geschart hatten. Zum Glück schienen viele abgereist zu sein, und das Häuflein der grölenden Australier war sichtlich zusammengeschmolzen. Von fern spechtete Beau sehnsüchtig zu ihr herüber. Sina ignorierte ihn, so gut sie konnte.

Auf einer der Holzliegen, im Schatten des üppigen Bananenbaums, ließ sie sich immer wieder durch den Kopf gehen, was ihr der kleine Balinese beinahe flüsternd anvertraut hatte.

Es war nicht mehr als ein Anfang gewesen. Sie hatte es an Mades ständigem Räuspern und häufigem Stokken erkannt. Er wand sich, rang nach Worten. Aber er hatte zu reden begonnen. Mit einigem Glück würde er weiter erzählen.

Sie verlor sich in den Anblick der pinkfarbenen Blüte, die direkt vor ihrer Nase baumelte. Ein nahes Rascheln holte sie in die Gegenwart zurück.

Der talentlose Prominentenpinsler Schweizer Herkunft, den zu guter Letzt der Selbstmordversuch seiner Geschiedenen in die Medien zurückgespült hatte, hatte sich angepirscht, um sie heimlich als Modell zu mißbrauchen. Sein in die Jahre gekommenes Ex-Seelchen hatte er offensichtlich gegen etwas Jüngeres eingetauscht. Das ungleiche Paar, der eitle, leicht greisenhafte Schauspieler und die unscheinbare Frau, die devot in seinem Schlepptau segelte, war ihr bereits am Vortag unangenehm aufgefallen.

So unauffällig wie möglich schob sie ihr verrutschtes Bikini-Oberteil an die richtige Stelle zurück.

»Sie sind hier nicht beim Film«, sagte sie scharf. »Malen Sie, was Sie wollen – wenn Sie schon müssen. Aber gefälligst nicht mich.«

Man sah ihm an, daß er heilfroh war, erkannt worden zu sein. Dann färbte sich sein auberginefarben verbranntes Gesicht noch röter.

»Ich mag eben schöne Frauen«, murmelte er und zog einen Flunsch wie ein kleiner Junge, dem man sein Spielzeugauto weggenommen hat.

Die Dienerin hinter ihm hüstelte verlegen. Gegen ihre Kopfhaltung war Angelica Houstons Auftritt als reuige Mafiatochter in »Die Ehre der Prizzis« allenfalls als Versuch einer Anfängerin einzustufen.

Sina hatte keine rechte Lust mehr, zu bleiben. Sie entschloß sich, nicht länger hinauszuschieben, was sie sich fest vorgenommen hatte.

Entschieden stand sie auf, schlüpfte in T-Shirt und Hose und schulterte ihre Tasche. Sie passierte den Wachmann am Hotelzaun, der ihr mit einem bedauernden »Very bad people on the beach, Misses«, zögernd den Weg nach draußen frei machte.

Die Schulterblätter zusammengeschoben. Ein abweisendes Gesicht aufgesetzt.

Das half zumindest für die ersten paar Meter.

Dann hatte sich das Menschenknäuel hinter ihr neu formiert. Sie folgten ihr so dicht, daß sie die Ausdünstungen nach billigem Öl, ungewaschenen Haaren und Schweiß stechend in der Nase hatte. Der heiße Sand in ihren Turnschuhen hinderte sie, schneller zu gehen.

Bevor sich die vielen bittenden Hände erneut an ihrer Kleidung zu schaffen machten, blieb sie abrupt stehen.

»I am not going to buy anything«, sagte sie biestig. »Ich kaufe nichts. Überhaupt nichts! Verstanden?«

Erschrockene dunkle Augenpaare starrten sie an. Plötzlich kam sie sich vor wie einer jener überfressenen, unerträglichen Kolonialtouristen, die sie seit ihren frühesten Teeniejahren von Herzen verabscheut hatte.

Wirklich nicht ganz einfach mit den Traumzielen in der dritten Welt, dachte sie zähneknirschend beim Weitergehen. Paradiesische Strände und Palmen für zivilisationsgeschädigte Workaholics – so weit ganz in Ordnung. Aber was machen wir mit und vor allen Dingen *aus* den Menschen, die zufällig an diesen Plätzen leben?

Die Horde hinter ihr hielt respektvoll Distanz. Aber

sie ließ sich nicht abhalten, ihr bis zu Martins Haus zu folgen. Vor der Veranda blieben die fliegenden Händlerinnen stehen.

Die blaue Haustüre war eingetreten, der Rahmen an einigen Stellen zersplittert.

Bereits im kleinen Flur stolperte sie über Blätter, zerrissene Bücher, achtlos zusammengeknüllte Stoffstücke. Die beiden Räume glichen einer Mülldeponie. Kein Stück war mehr auf dem anderen, die Lampen zerschlagen, die einheimischen Nippes und Götterfiguren zerstört.

Im Schlafzimmer hatte ein Feuer gewütet. Das Bett war halb verkohlt, der Fensterrahmen schwarz von Ruß. Aus der aufgeschlitzten Matratze quoll eine Füllung, die sie entfernt an verrottendes Seegras erinnerte. Daneben lag auf dem Boden ein angesengtes, zerfleddertes Buch. Hermann Hesse, *Siddhartha.*

Sina hob es auf und steckte es wehmütig in ihre Tasche. In all den Jahren ihrer Bekanntschaft war es Martin niemals gelungen, ihr seinen Lieblingsschriftsteller näherzubringen. Vielleicht mußte sie Martins Leib- und Magenlektüre eine neue Chance geben.

Am schlimmsten war der Gestank, der von den fäkalienverschmierten Wänden kam. Unzählige Fliegen schwirrten bei jeder Bewegung empor.

Sina zwang sich trotzdem, alles sorgfältig durchzusehen, obwohl sie nicht mehr annahm, auf etwas Wichtiges zu stoßen. Der peinlichen Durchsuchung war planmäßige Verwüstung gefolgt, als hätte man versucht, Martins Spuren für alle Zeiten zu tilgen.

Im kleinen Badezimmer hatten sie sogar den Wasserkasten der Toilette aus der Wand gerissen. Einige der hübschen blauen Kacheln lagen in Scherben; den Fußboden bedeckte knöcheltief eine üble bräunliche Brühe.

Wieder hatte Sina gegen Tränen zu kämpfen. Diesmal ging es nicht um Nick, ihren einstigen Studienfreund, dessen Leiche sie vor einiger Zeit aus dem Gardasee gefischt hatten. Es handelte sich auch nicht um einen obskuren Guru, den seine Anhängerschaft ins Jenseits befördert hatte.

Martin war ermordet worden. Martin, der Freund, mit dem sie in einer wichtigen Zeit zusammengelebt hatte. Auf ihre Weise hatte sie ihn sogar geliebt.

Sie ging zurück in den Flur.

Er hatte diese Marotte gehabt, wichtige Dinge irgendwo zwischen Küchenzeug zu verstecken. Keine Ahnung, warum ihr dieser Gedanke erst jetzt durch den Kopf schoß.

Sina quetschte sich in den schmalen Schlauch neben dem Eingang, der nur ein kleines Kippfenster hatte. Hier waren sie offensichtlich weniger gründlich vorgegangen. Im Ausguß des Spülbeckens fand sie Teereste, verschimmelte Brotscheiben, Reis und ein paar Gewürzkörner. Sie sah nach oben. Ziemlich hoch über ihr verlief ein zweireihiges Regal. Tassen, Gläser, ein paar Teller, billige Blechdosen.

Sie stellte sich auf die Zehenspitzen, um an das oberste Bord heranzureichen. Tastete systematisch das rauhe Holz von links nach rechts ab.

Leise fluchend nahm sie den eingezogenen Spreißel in Kauf. Dann berührten ihre Finger ein flaches Büchlein.

Sie angelte es herunter, schlug es auf und mußte unwillkürlich lächeln. Martin hatte in all den Jahren seine festen Gewohnheiten nicht entscheidend geändert. Er führte noch immer Tagebuch.

Jetzt mußte sie nur noch schaffen, seinen aktuellen Code zu knacken.

7

Es war schwül im Raum, stehende, feuchtwarme Luft des späten Nachmittags, und die Stimmung ätzend.

Keiner der vier sehr unterschiedlichen Männer dachte daran, nach Toms anfänglichem Ausbruch als erster wieder den Mund aufzumachen. Der stämmige Kanadier kaute auf einem Stück Zuckerrohr herum, als gelte es, es in Rekordzeit zu Brei zu zermalmen.

Nyoman, der magenkranke Balinese, hielt hartnäkkig die schweren Lider gesenkt. Sein Haar war weich und schütter; an den Schläfen begann es bereits gefährlich zurückzuweichen. Er beobachtete den verbrannten Koloß gegenüber scharf.

»Also«, bequemte er sich schließlich, als die Stille im Raum schon unerträglich geworden war, und kam seinem ausländischen Partner ein paar entscheidende Sekunden zuvor. »Ihr wart in dem besagten Haus – und dann? Noch einmal von vorn, wenn ich bitten darf!«

Punktesieg. Nyoman hatte gelernt, sein Lächeln zu kontrollieren.

Der kleinere der beiden Kuta-Cowboys stieß ein unterwürfiges Winseln aus. Sein Witwenbuckel auf dem mageren Rücken trat deutlicher hervor. Nyoman konnte seine Angst riechen.

»Alles total zerlegt, als wir ankamen. Die Türe eingeschlagen, Scheiße schwamm herum, und es hatte gebrannt. Es war nichts mehr zu holen«, stieß der größere der beiden hervor.

Sein Pidgin-Englisch war nur schwer erträglich. Tom verzog angeekelt das Gesicht.

»Nicht ein einziger Krümel«, fuhr er beschwörend fort. »Wir haben den Auftrag exakt ausgeführt. Keinen einzigen Millimeter ausgelassen.«

Der Dünne neben ihm nickte wieselflink. »Sogar im Wasserbecken haben wir nachgesehen«, versicherte er. »Nichts da. Nirgendwo.«

»Seit wann bewahrt man exquisiten Stoff im Wasserbecken auf?« explodierte Tom, der eigentlich aus Montreal stammte. Er hatte nicht vor, in diesem Leben in seine kalte, geschäftstüchtige Heimatstadt zurückzukehren, um wieder für ein Butterbrot gestohlene Karren umzufrisieren.

Jedenfalls nicht, solange er hier in Kuta sein Geld einfacher und schneller verdiente, als er es ausgeben konnte.

»Nur ein ausgemachter Schwachkopf würde das tun«, fuhr er polternd fort. »Das deutsche Arschloch war unverschämt. Und ein vernagelter Dickschädel. Aber verdammt noch mal kein Schwachkopf!«

»Aber ein totes Arschloch«, entfuhr es dem Kleinen. Erschrocken ließ er sein Grinsen sofort wieder einfrieren. Sein bulliges Gegenüber sah nicht aus, als sei es zu Scherzen aufgelegt.

»Davon spreche ich ja.« Tom stand überraschend geschmeidig auf. Stattliche zwei Zentner, alles Muskeln. Bestens gewartet, eine zeitraubende und kostspielige Investition. Wenn er mit dem Krafttraining aufhörte, wäre er binnen weniger Monate unbeweglich und fett. »Tote Arschlöcher können bekanntlicherweise nichts mehr auf die Seite bringen, right? Oder warum meint ihr, haben wir ihn auf dezente Weise zum Schweigen gebracht? Er hätte es auch billiger haben können. Aber er wollte ja partout nicht hören. Nicht einmal, als wir uns seine Alte gegriffen hatten.«

Die beiden zogen unbehaglich die Schultern hoch. Den letzten Teil seines Satzes hätten sie lieber überhört.

»*Er* kann es also nicht gewesen sein. Folglich muß ein anderer seine Finger drin gehabt haben.« Sein Ton klang lauernd. Die Sommersprossen traten scharf auf seiner Haut hervor wie eingetrocknete bräunliche Blutspritzer. Unter seinem breiten Kinn straffte sich der leichte Fettansatz. Tom wirkte wie einer, der sein inneres Beben nur mit Mühe bezähmen kann. Hundert Kilo scharfe Explosionsmischung, bereit, jede Sekunde erneut in die Luft zu gehen.

»Jemand, der uns reingelegt hat«, fügte er eine Spur lauter hinzu. Seine großen Hände vollführten schraubende Bewegungen.

Eka und Wayan hielten wohlweislich den Mund.

»Ein Umstand, der dem Boß nicht gefallen wird«, schaltete Nyoman sich ein. Seine Stimme war leise, und auf seiner niedrigen Stirn standen besorgte Falten. »Ganz und gar nicht. Er kann verpatzte Geschichten nicht ausstehen. Besonders, wenn seine eigenen Leute die Scheiße gebaut haben.«

Bedauernd betrachtete er seine polierten Fingernägel mit den großen bernsteinfarbenen Monden. Prima Gelegenheit, seine neuerworbene Macht auszukosten. »Oder wollt ihr ausprobieren, wie es ist, wenn er richtig unangenehm wird?«

Wie er stammten die beiden vor ihm aus einem Kaff im Norden der Insel und versuchten an der lauten, brodelnden Südküste ihr Glück zu machen. Kurierarbeiten, Filzen, Verteilerdienste – der ganze Kleinscheiß, den irgend jemand möglichst zuverlässig erledigen mußte.

Er hätte sich ohne weiteres im heimatlichen Dialekt mit ihnen unterhalten können. Tom verstand nach drei Jahren auf Bali genug, um alles Wesentliche mitzubekommen.

Aber Nyoman genoß die Augenblicke, wo sein gepflegtes Englisch ihn meilenweit über seine Handlanger erhob. Er war entschlossen, den Makel seiner Herkunft abzustreifen.

Dafür feilte er, seitdem er denken konnte, an der Legende eines amerikanischen Vaters, der in Ohio lebte und der Familie auf Bali regelmäßig Geld schickte.

Leider glaubte ihm kein Mensch die Geschichte. Mit seiner überschlanken Gestalt, dem flächigen Gesicht und der dunklen, pockennarbigen Haut wirkte er so unamerikanisch wie irgend möglich.

»Wir waren es nicht. Wir haben nichts genommen!«

Eka und Wayan hatten wie aus einem Mund geantwortet. Sie waren nervös. Dem Kleinen zuckte unkontrolliert das linke Lid, der andere schwitzte unübersehbar.

Nyoman glaubte ihnen. Sie besaßen zu wenig Grips, um sich einen solchen Coup auszudenken. Geschweige denn den Mut, das Ding wirklich durchzuziehen. Es gab kein Zurück mehr auf die heimatlichen Reisfelder. Die Wiederaufnahme in den *Subak*, die Wassergemeinschaft jedes Dorfes, deren männliche Mitglieder gemeinsam über alle wichtigen Belange entschieden, war unmöglich.

Jetzt, nachdem sie ihre Hände mit Rauschgift beschmutzt hatten.

Bei diesem Thema begann sich in seinem Kopf eine Idee zu formen. Natürlich, so könnte es gewesen sein! Er war entschlossen, dies so schnell wie möglich herauszufinden.

»Habt ihr deshalb die ganze Bude zerstört?« übernahm Tom weiter das Verhör. Während Nyomans langem Verstummen hatte er ihn mehrmals argwöhnisch angesehen. »Vielleicht, um eure Unschuld um so überzeugender unter Beweis zu stellen?«

Er hatte sich so nah vor den beiden aufgebaut, daß seine rotblonden Brusthaare sie beinahe in der Nase kitzelten. Ein aufgeblähter, sonnenverbrannter Wikinger in Übergröße.

Wie immer trug er teure, grellbunte Surferklamotten, in denen er gefährliche Ähnlichkeit mit einer Wurst hatte, die ihre Pelle zu sprengen drohte. Warme Riesenwellen und schnelle Bretter – das war seine einzige öffentliche Leidenschaft.

»Wir sind doch nicht wahnsinnig!«

Ekas Empörung überdeckte für einen Augenblick sein wachsendes Unbehagen. »Du kannst dich auf uns verlassen! Wir sollten vorsichtig sein, hast du uns eingeschärft. Kein Aufsehen. Schön unauffällig. Und wir *waren* vorsichtig.«

»So vorsichtig, daß sich fünf Kilo Heroin vor eurer Nase in Nichts aufgelöst haben – paff! Paff!«

Tom packte Wayan am Kragen und zerrte ihn zu seiner respektgebietenden Augenhöhe empor. Wayans Füße verloren den Boden. Er begann hohl zu gurgeln.

Von den beiden war er eindeutig der labilere. Aus dem zähen kleinen Eka würde im Ernstfall noch weniger herauszuprügeln sein.

»Ich weiß, daß der Deutsche das Zeug bekommen hat«, sagte der Kanadier unfreundlich und spuckte Wayan seine Ladung Zuckerrohr direkt ins Gesicht. Die weißen Augäpfel traten deutlich hervor. Wayan schnappte nach Luft. »Das ganze verdammte Kaff hier weiß es. O. k.?«

Der andere nickte krampfartig.

»Dann muß es logischerweise irgendwo sein.« Tom gab ein fettiges Knurren von sich. »Bei jemandem, der es an sich genommen hat. Oder *gefunden.*«

Er ließ Wayan so abrupt los, daß er nach hinten stolperte und mit dem Kopf hart an die Wand dotzte.

»Wer könnte dieser Jemand sein?« donnerte Tom. »Einer eurer einheimischen Freunde vielleicht? Oder ein geschätztes Familienmitglied? Raus damit, oder es wird dir sehr schnell leid tun!«

»Keine Ahnung«, wimmerte Eka bühnenreif an Wayans Stelle. »Wir wissen es nicht – ehrlich!«

»Du antwortest gefälligst, wenn du an der Reihe bist!« schnauzte Tom ihn an. Leichte Übelkeit stieg in ihm auf, wie immer, wenn die Dinge ihm zu entgleiten begannen. Er hatte Lust, diese Kreatur aufzubrechen. Es gab so viele verletzliche Stellen, wo der Tod schnellen, sicheren Eingang finden konnte. »Jetzt rede ich mit Wayan – also? Ich höre!«

Der Balinese wand sich, blieb aber standhaft.

»Wenn ich es wüßte, würde ich natürlich... dir sofort alles...«

»Ich hab' es satt!« Tom versetzte dem Korbstuhl einen Fußtritt, der ihn in die andere Zimmerecke beförderte. Mit einer Hand fegte er die benutzten Tassen und Gläser vom Tisch. Er zögerte einen Lidschlag, dann mußte auch die halbgefüllte Whiskykaraffe dran glauben. Seine Augen waren glasig, sein Stiernacken leuchtete puterrot. »Verpißt euch mit eurer ganzen beschissenen Insel! So kann man doch keine Geschäfte machen! Dazu braucht man Leute, auf die man sich verlassen kann – keine Kanaken mit Stroh in der Birne und Gummi-Eiern!«

Nyoman gab ein kleines, nervöses Hüsteln von sich. Sein Mund wurde spitz, seine Miene blieb unbeteiligt. Die beiden anderen starrten peinlich berührt in die gegenüberliegende Zimmerecke.

Plötzlich fühlte Tom sich unbehaglich, wie immer, wenn er die Kontrolle verloren hatte. Er hatte sich hinreißen lassen. Obwohl der Boß ihn wiederholt vor derartigen Ausbrüchen gewarnt hatte. Er hatte seinen näselnden Tonfall noch im Ohr.

»Benimm dich nicht wie ein Elefant, Tom, sei ein Fuchs. Nur so kommst du ungesehen in den Hühnerstall. Und heil mit der fetten Beute wieder raus.«

O. k., er war in der Hitze des Gefechts vielleicht ein bißchen zu weit gegangen. Aber sollten sie den ganzen Stoff abschreiben, nur weil ein paar einheimische Idioten zu blöd zum Suchen waren?

Diese verfluchten Asiaten mit ihrem verdammten Dauerlächeln und ihrer verdammten Ehre, die man von früh bis spät verletzen konnte! War er denn dazu da, sich von früh bis spät Gedanken über mögliche Fettnäpfchen zu machen, in die er treten konnte?

Zum Glück war der Boß keiner von ihnen.

Dafür kannte er keine Entschuldigungen, sondern erwartete prompte, greifbare Ergebnisse. Wie man sie erreichte, war ihm vollkommen egal.

Tom schnaufte tief durch und zwang sich, ruhiger zu werden. Im Moment hatte er schlechte Karten. Sein Ausbruch, das sagten ihm all seine Antennen, hatte die drei Balinesen mit einem unsichtbaren Band verknüpft. Er spürte, daß etwas in ihnen vorging, was er nicht verstehen konnte.

Hielten sie etwas zurück? Oder machten sie hinter seinem Rücken gemeinsame Sache?

Nyomans Fresse war glattpoliert wie ein Spiegel. Die anderen erinnerten ihn an erschrockene Kaninchen. Sein Argwohn blieb bestehen. Aber er mußte die Sache logisch angehen.

Im Grunde mußte er nur Nyoman ernst nehmen. Beide standen sie innerhalb der Organisation auf der gleichen Stufe. Die anderen zwei waren menschlicher Abschaum, Niemande mit austauschbaren Talenten, von denen es für billiges Geld Aberhunderte auf der Insel gab.

Er würde mit dem Boß sprechen. Allein.

Er war schon lange der Überzeugung, daß es ein Fehler gewesen war, Nyoman mit seiner undurchsichtigen Art so weit nach oben zu katapultieren. Auf der anderen Seite, das hatte der Boß ihm immer wieder erklärt, brauchten sie seine Verbindungen. Und seine fabelhaften Ortskenntnisse. Sie konnten ja schlecht selbst mit dem Boot die nächtlichen Fahrten zu den Inseln unternehmen.

Tom starrte auf Eka und Wayan, die noch immer wie geprügelte Hunde zu ihm aufsahen. Plötzlich konnte er es nicht erwarten, sie loszuwerden.

»Ihr werdet euch gründlich im ganzen Kaff umhören«, sagte er nachdrücklich. »Und wenn ich *ganz* Kuta sage, meine ich *ganz* Kuta. Sperrt Augen und Ohren auf, quetscht eure Sippschaft aus, bringt sie zum Reden – mit Rupien oder Fäusten, das überlasse ich euch. In spätestens drei Tagen wissen wir, wo das Heroin geblieben ist.«

Er erstickte Ekas Einwand im Ansatz. »Keine faulen Ausreden diesmal! Der Deutsche hat auf schöne Weise die große Flatter gemacht. Seine Nutte auf weniger feine. Aber wir haben auch noch andere Methoden auf Lager!«

Die beiden machten, daß sie wegkamen.

»Was hast du gesagt?« fuhr Tom gereizt Nyoman an, der zum Fenster gegangen war.

Mücken hatten sich ihren Weg durch das zerrissene Fliegengitter gebahnt. Die Tropennacht nahte. Bald wurde es Zeit, die elektrische Funzel einzuschalten.

»Kelod«, sagte der schmale Balinese höflich und sah direkt an ihm vorbei. Er war ganz mit seinen eigenen Gedanken beschäftigt.

»Kelod?«

»Die Sonne geht im Meer unter«, fuhr Nyoman langsam fort. »Alles Gute verschwindet im Westen. *Kelod* bedeutet in deiner Sprache soviel wie Nacht, Krankheit oder Verderben. Dunkle Mächte regieren – aber eine korrekte Übersetzung ist praktisch unmöglich.« Sein Lächeln vertiefte sich, als amüsiere er sich über einen Witz, den nur er verstand. Er sah aus wie ein häßlicher, intriganter Faun.

Der Kanadier starrte ihn schweigend an.

»Nur aus dem Osten, den wir *kauh* nennen, kann Leben kommen. Das heißt für alle, die das Morgen erleben.«

Tom hätte schwören können, daß er ihm bei seinen Schlußworten vielsagend zugeblinzelt hatte.

8

Sina staunte, als sie die kleine Japanerin abends wiedersah. Kiko hatte ihre Haare wild toupiert und massenhaft Lidschatten aufgelegt. Sie trug enge hellgrüne Hosen und ein Top in schreiendem Pink, über dem ein golddurchwirktes Bolero saß.

»Wennschon – dennschon«, grinste sie und wedelte mit ihren künstlichen Krallen. »Wir wollen doch auf Nummer Sicher gehen, oder nicht?«

»Nimmst du mich überhaupt mit?« fragte Sina. »So – als unscheinbare graue Maus?« Neben Kikos provokanter Aufmachung wirkte ihr weißes Seidenkleid allzu bieder.

»Schließlich bin ich heute geehlte Hauptpelson!« flachste Nippons Schöne und zog ihre Lider noch weiter auseinander. »Schöne schwalze Schlitzaugen. Dicke Scheinchen in Blieftasche. Viel Stloh in Kopf. Steht sehl auf halte Dlogen. Kuta-Cowboys welden sein elfleut.«

Sie tänzelte zur Seite und spähte in den Garten. »Und wo bleibt er – unser attraktiver Bodyguard?«

Das war der Teil ihres Plans, der Sina nicht unerhebliche Bauchschmerzen bereitete. Kiko hatte sich partout nicht von ihrer Meinung abbringen lassen, männlicher Schutz könne bei ihrem geplanten Abenteuer keinesfalls schaden. Aus diesem Grund hatte sie Beau am Nachmittag gezielt am Pool angebaggert.

Keine Frage, daß sie nicht viel Überredungskunst aufwenden mußte.

Hubsi Bär, alias Hubert-Franz, wie sein amtlicher Taufname lautete, stammte aus Wien und war seit ein paar Wochen geschieden. Er arbeitete hart an der ersten dünnen Heilschicht, die sich zögerlich über seinen seelischen Kraterwunden zu schließen begann. Ein längerer Urlaub auf Bali schien ihm die richtige Therapie zu sein. Und jede Menge anregende Kontakte. Es war nicht zu übersehen, daß er in diesem Punkt vor allem auf Sina große Erwartungen setzte.

Kikos strikten Anweisungen zufolge kam er allein. Seinen Freund, einen quengelnden Skilehrer aus der Steiermark, hatte er vorab nach Kuta-Town geschickt. Den rothaarigen Typen, mit dem er neulich in *Mades Warung* aufgekreuzt war, kannte er nur flüchtig. Ein Kanadier, passionierter Surfer wie er, der ihn vor ein paar Tagen am Strand angequatscht hatte.

Sie fuhren nicht mit Made. Darauf hatte Sina geachtet. Zum jetzigen Zeitpunkt erschien es ihr wenig ratsam, die verschiedenen Stränge zusammenzuführen.

Die beiden Frauen hatten dem Wiener nicht mehr als nötig von ihrem Plan verraten. Hubsi aber ließ sich von ihrem geheimnisvollen Getue nicht weiter beeindrucken. Den ganzen Weg im Taxi quälte er sie mit Fragen, die, wie Sina widerwillig einräumen mußte, nicht einmal unintelligent waren.

Überhaupt stellte sich der ganze Mann als wesentlich angenehmer heraus, als ihre ersten Eindrücke vermittelt hatten. Nicht einmal Tuchfühlung mit ihm war unangenehm. Dunkle, lange Wimpern und leichter *Kouros*-Duft auf seiner warmen, sonnengebräunten Haut wirkten geradezu appetitanregend.

Wie gut er allgemein bei Frauen ankam, konnte sie gleich nach dem Aussteigen feststellen. Nicht nur die europäischen und amerikanischen Touristinnen in Miniröcken oder knappen Shorts schenkten ihm vielsagende Blicke. Mehr als eine der jungen Balinesinnen lächelte ihm einladend aus ihrem Shop zu.

Um eventuellen Anfechtungen amouröser Natur vorzubeugen, fuhr Sina schon mal die inneren Stacheln aus.

»Kann ich dich nicht Beau nennen?« fragte sie. Wimpernklimpern. Unschuldig perfider Unterton. »Ich finde, der Name paßt sooo gut zu dir.«

Er schaute sie verlegen an. »Wenn du unbedingt willst«, sagte er. Bescheiden, beinahe nett.

Sie kam sich ganz schön blöd vor. Sina griff nach den Zigaretten und begann zu rauchen. Besser vielleicht, wenn sie momentan den Mund hielt.

Es galt, die Zeit bis zum späteren Abend zu überbrücken. Sie schauten zunächst in *Mades Warung* vorbei, das angesichts einer aktuellen Toursteninvasion aus allen Nähten platzte. Keine Spur von Gelbzahn oder der depressiv exaltierten Paola.

Im In-Lokal *Poppies* dagegen herrschte gähnende Leere. Da keiner von ihnen Lust hatte, sich von den gelangweilt herumstehenden Kellnern jede Krabbe auf dem Weg von der Gabel zum Mund einzeln vorzählen zu lassen, zogen sie schnell weiter.

Links und rechts von ihnen wechselten Ristoranti, *special aussie pubs,* französische Bistros und griechische Tavernen; sogar eine original deutsche Bierkneipe blinkte ihnen mit der vielversprechenden Leuchtschrift »Sauerbrat und Knössel – imer fris« entgegen.

»Wie wär's zur Abwechslung mit etwas Einheimischem?« schlug Hubsi schließlich vor. »Land und Leute kennenlernen – was meint ihr dazu?«

Sie standen vor einem flachen Gebäude mit offenen Türen, in dem unter zwei altersschwachen Ventilatoren kleine Tische und Rohrstühle zum Sitzen einluden.

Sein Vorschlag entpuppte sich als echter Geheimtip. Zu Flußkrebsen auf lauwarmem Ingwergemüse tranken sie eiskaltes Bier. Anschließend einigten sich die drei auf einen riesigen roten Zackenbarsch, der direkt vor dem Lokal auf dem Holzkohlengrill für sie geröstet wurde. Knusprige Pommes, dazu literweise frischer Mangosaft.

»Finish?« Auf die singende Frage der jungen Balinesin, die sie lächelnd bedient hatte, konnten sie nur mit verhaltenem Bäucheklopfen reagieren.

»Und wohin nun?« Hubsi strahlte Sina und Kiko unternehmungslustig an. »Wo finden wir denn diese komischen Cowboys, die euch das Zeug andrehen sollen? Hier jedenfalls kann ich keinen entdecken, auf den eure Beschreibung passen würde.«

Nicht schlecht beobachtet. Hier sah man keine grellen Bermudas oder bunten T-Shirts. Die meisten der überwiegend einheimischen Gäste, die beim Essen saßen, trugen Sarongs und saubere, unifarbene Hemden. In der Regel Paare oder kleine Familien mit zwei Kindern.

Die ersten Bemühungen zur Geburtenkontrolle auf Bali hatten offenbar gegriffen. Die familiären Beziehungen dagegen schienen unverändert. Allen dreien war der liebevolle, warmherzige Umgang der Eltern mit ihren Kindern aufgefallen.

Nur einer sprengte das friedliche Bild, ein stämmiger Jugendlicher mit öligem Haar, der es nicht lassen konnte, seinen Ghettobluster aufzudrehen, während er mit erstaunlicher Geschwindigkeit eine Riesenportion Reisnudeln in sich hineinschaufelte.

»Der vielleicht?« Hubsi deutete unauffällig in seine Richtung.

»Nein«, widersprach Kiko. »Zu kleine Nummer. Der würde uns höchstens eine Tüte Gummibärchen andrehen. Wir brauchen die nächste Kategorie. Richtig heiße Jungs mit heißer Ware.«

Es wurde schwieriger als gedacht.

Im *Goa* lümmelten nur ein paar schläfrige Animiermädchen an den künstlichen Säulen, die mit vulgären Tantradarstellungen protzten. Das *Black Label*, ihre nächste Station, sah auf den ersten Blick vielversprechender aus. Sina, Kiko und Hubsi steuerten auf einen freien Tisch in der Mitte zu und bestellten lauthals eine Runde Cocktails.

Dann begann die kleine Japanerin, ihre Show abzuziehen. Sie ließ das Bolero nachlässig zu Boden gleiten, streckte den kleinen Busen heraus und strebte hinternschwenkend der winzigen Tanzfläche zu. Zu den Klängen von Michael Jacksons »Bad« verfiel sie übergangslos in konvulsivische Zuckungen und wühlte dabei ekstatisch in ihrer Mähne. Dazwischen gelangen ihr immer wieder kleine, gut plazierte Ausrutscher, gefolgt von vagem, ein wenig törichtem Grinsen.

Sehr überzeugend, wie Sina fand. Kiko machte den Eindruck, als habe sie jede Menge beliebiger Derivate intus.

Während sie selbst wie verabredet so auffällig wie möglich die verliebte Turtelnummer mit Hubsi zelebrierte, beobachtete Sina aus den Augenwinkeln das Geschehen.

Viel tat sich nicht.

Ein paar dunkelhäutige Gestalten verfolgten zwar jeden Hüftschwung Kikos, hielten sich aber dezent im Hintergrund. Selbst als sie schließlich nach vorn zur Bar torkelte, um leicht lallend einen weiteren Drink zu bestellen, dauerte es eine ganze Weile, bis sich endlich einer zu ihr bequemte.

Sina hörte Kikos zwitscherndes Lachen, dann schüttelte sie mehrmals entschlossen den Kopf. Inzwischen war die Japanerin von fünf Einheimischen umringt. Breite goldene Ketten, weiße Hemden und enge, imitierte Markenjeans.

Ein Langhaariger sprach heftig auf sie ein; sein kurzgeschorenes Gegenüber wurde laut. Ein Streit entbrannte zwischen den beiden, dann zog Mr. Zottelmähne beleidigt ab.

Kiko harrte noch ein wenig an der Bar aus, und stöckelte plötzlich um vieles sicherer an ihren Tisch zurück.

»Zeitverschwendung«, zischte sie halblaut. »Nichts

als Großmäuler hier. Die haben nichts als ein paar geklaute Gramm Haschisch und ein paar ominöse Gummidinger. Laßt uns verschwinden. Wir müssen anderswo weitersuchen.«

Leicht gereizt brachen sie auf. Es war schon nach zwölf, und Kutas Hauptstraße begann sich merklich zu leeren. Zecher torkelten an ihnen vorbei; Pärchen klammerten sich haltsuchend aneinander. Aus einer Seitenstraße schoß der Schweizer Maler auf sie zu. Die Dienerin hinter ihm lächelte sie unterwürfig an.

Sie hatten Mühe, ihn von der glänzenden Idee abzubringen, den Abend gemeinsam ausklingen zu lassen. Erst als Sina massiv unfreundlich wurde, gelang es ihr, seine weinvernebelte Fröhlichkeit zu durchdringen.

»Sie mögen mich nicht«, sagte er vorwurfsvoll, und seine hellen Augen blinzelten sie betrübt an. »Ich möchte nur wissen, warum.«

»Erklär ich Ihnen ein anderes Mal«, gab sie zurück und griff nach Hubsis Arm. Er machte sich nach ein paar Schritten los.

»Was hat er dir denn getan?« sagte er kopfschüttelnd. »Du schiebst einen ordentlichen Männerhaß, habe ich recht? Macht auf Dauer keinen Spaß, deinen Alibi-Stecher zu spielen.«

»Hat dich ja niemand dazu aufgefordert«, entgegnete sie patzig.

»Doch«, widersprach Hubsi. »Diese nette japanische Lady da. Ich möchte bloß wissen, wozu. Ihr kommt doch alleine am besten klar.« Sein Profil war jungenhaft und sehr gekränkt.

Die Anblafferei fand ein abruptes Ende, als Kiko sich dezent hinter ihnen räusperte. Sie war nicht mehr allein. Neben ihr stand der Langhaarige aus dem Lokal.

»Sind alle Idioten«, sagte er prahlerisch und schloß in einem Halbkreis seine imaginären Kollegen ein. »Nur shit. Du willst wirklich gute Ware?«

Kiko nickte.

»Für deine Freunde?« Er deutete auf Sina und Hubsi.

»Vor allem für mich«, antwortete Kiko schnell auf englisch. »Ich liebe gute Sachen. Wenn sie sehr gut sind, kann ich sie auch meinen Freunden anbieten. Meinen *japanischen* Freunden. Ich reise viel.«

Der Balinese enthüllte gelbliche, geradegefeilte Zähne. Die Zeremonie, in der Regel am Beginn der Pubertät vorgenommen, hatte ihn sichtlich nicht vor den Anfechtungen böser Dämonen bewahrt.

»Was willst du?« fragte er. »Ich kann dir alles besorgen!«

»Hast du etwas bei dir?« fragte Kiko zurück.

»Nein, nein! Aber ich kann alles beschaffen – kein Problem.« Sein Ton geriet immer großspuriger. Das lockende Geld forderte ihn offensichtlich heraus. Er roch säuerlich nach Alkohol. Wahrscheinlich hatte er sich Mut angetrunken.

»Ich brauche es aber gleich«, sagte Kiko nach einem kurzen Blickwechsel mit Sina und hoffte, daß sie ungeduldig genug klang. »Keine langen Umstände. Noch heute abend. Ich kann nicht so lange warten, verstehst du?«

Er schien fieberhaft zu überlegen. Ein paarmal schaute er besorgt zu den beiden anderen, die in ihrer innigen Umarmung nichts wahrzunehmen schienen. Dann heiterte sich seine Miene auf.

»Gibt eine Möglichkeit«, sagte er. »Du kennst Diskothek *Gado-Gado*?«

Kiko schüttelte den Kopf. »Wo soll das sein?«

»Schon Seminyak«, sprudelte er eifrig. »Treffpunkt für alle guten Leute, Leute, die *gute Sachen* mögen. Wenn du willst, ich bringe dich dorthin. Mit Taxi. Dann du kannst gleich einkaufen.«

»Und meine Freunde?« wandte Kiko unbehaglich ein. Die Vorstellung, mit diesem Typen allein ein Taxi zu besteigen, gefiel ihr nicht besonders. Aber gab es einen anderen Weg?

»Besser ohne Freunde«, versicherte er treuherzig. »Dir kann nichts passieren. Gute Kunden aus Japan sind immer in Kuta sehr gefragt.«

»Kommt gar nicht in Frage«, zischte Sina halblaut. »Ich schick dich doch nicht allein in die Höhle der Dealer!«

»Willst du, daß wir an die Typen rankommen, oder nicht? Ich paß schon auf, keine Angst! Ich bin ja schon groß!«

»Also gut«, strahlte sie anschließend den Balinesen an. »Worauf warten wir noch?«

Es dauerte eine ganze Weile, bis Kiko wieder aus der Diskothek herauskam. Dröhnender Heavy-Metal-Beat erschütterte das Betongebäude, das schon von außen schmutzig und runtergekommen aussah. Nicht so allerdings die parkenden Karossen davor.

Auf einer Insel, wo nahezu ausschließlich japanische Kleinwagen herumkurvten, fielen die schweren, dunklen Benze, Alfas und BMWs auf wie protzige Käfer in einem Libellenballett.

Sina und Hubsi, die ihren Driver nur mit Mühe dazu

hatten bewegen können, die Scheinwerfer seines Gefährts während des Wartens auszuschalten, rissen gespannt die Türe auf.

»Und?« fragten sie beinahe gleichzeitig. »Hat es geklappt?«

»Für den Anfang gar nicht schlecht«, grinste Kiko. »Was habe ich hier alles? Magic Mushrooms, Gras, feinsten Afghanen... Ich war vorsichtig. Hab die verwöhnte Genießerin gespielt, die erst einmal ein bißchen von allem naschen möchte. Aber ich habe sie wissen lassen, daß ich auch an härteren Sachen interessiert bin. Und an mehr.«

Sie gaben dem Fahrer das Zeichen zum Losfahren und zogen das Trennungsfenster zwischen Vorder- und Hintersitzen zu. Kein Bedarf an Lauschern.

»Ich hoffe stark, daß sie mir das mit dem Heroinschnupfen abgenommen haben. Auf alle Fälle bin ich übermorgen hier verabredet«, sagte Kiko und lehnte sich gähnend in die Polster der Rückbank. »Ganz schön anstrengend, Mata Hari des Drogenmarktes zu spielen! Aber sie haben versprochen, sich für mich umzuhören. Scheint alles straff durchorganisiert zu sein. Aber keine Angst, wir kriegen sie!«

Sie kicherte leise. »Ich wette, so eine versiffte Disko habt ihr noch nie gesehen! Wenigstens ein Platz in Asien, wo Japaner noch gern gesehen sind.«

Und dann schlief sie friedlich zwischen ihnen ein.

9

»Bitte noch einmal – zum Mitschreiben für Doofe! Ich habe überhaupt nichts verstanden!«

Es rauschte und knackste ohrenbetäubend in der Leitung, aber keines der störenden Nebengeräusche war kräftig genug, um Hannes mißbilligenden Unterton zu übertönen. In der engen Fernsprechkabine ihres Hotels kämpfte Sina tapfer gegen Hitze, Schweiß und die rasende Ungeduld an, die in ihr aufstieg.

»Du mußt unbedingt für mich herausbekommen, wo Martins Schwester lebt«, wiederholte sie genervt. »Sie heißt Sabine Stegmann – falls sie nicht in der Zwischenzeit geheiratet hat. Vor ein paar Jahren ist sie von Berlin in die Schweiz gegangen. Ich meine, daß es Genf gewesen ist. Ursprünglich stammt die Familie aus einem kleinen Dorf in Westfalen. Dingden, wenn ich mich nicht täusche. Unweit von Münster, rabenschwarz, katholische Gegend. Notfalls mußt du dort mit deinen Nachforschungen beginnen. Restfamilie und so weiter, du weißt schon. Bitte, Hanne, es ist ungeheuer wichtig!«

»Steckst du schon wieder in einem Kriminalfall, oder täuscht der Schein?« fragte ihre Partnerin mißtrauisch zurück. »Mußt du jetzt auch noch in deinem Urlaub Detektivin spielen?«

Das wenige, das Sina ihr über Martin erzählt hatte, hatte ihn in Hannes Augen nicht gerade vertrauenswürdig gemacht. Die Nachricht seines gewaltsamen Todes vergrößerte ihre Skepsis beträchtlich. Das Thema Drogen erst recht.

Hanne war keine Freundin von Experimenten. Ihre

lettische Liebschaft war das einzig wirkliche Abenteuer, zu dem sie sich in den letzten Jahren hatte hinreißen lassen.

»Du paßt doch auf dich auf?«

Ähnliches hatte Louis Levin bei Sinas Anruf vor zwei Tagen auch gefragt, als sie ihm kurz von Martins Leiche und den Folgen berichtet hatte. Erst dann konnte sie versuchen, ihn über die aktuelle Preissituation in der Münchner Drogenszene auszuquetschen. Nach wiederholtem Beteuern, daß für ihn das weiße Pulver längst out sei, das seine gierige Nase vor ein paar Jahren in größte Kalamitäten gebracht hatte, versprach er, sich schnellstens umzuhören. Heroin war allerdings nie seine Kragenweite gewesen, wie er ihr ebenfalls mehrmals versicherte.

»Ich hoffe, du machst keinen Scheiß, so fern der Heimat! Und niemand in der Nähe, der dich vor dir selbst schützen könnte!« L. L. hatte ernsthaft besorgt geklungen. »Das sind nicht die richtigen Leute für eine nette Party, Sina! Ich weiß, wovon ich spreche!«

Von jenen bewegten Tagen im Milieu zeugten eine mittelgut verheilte Schramme unter seinem linken Auge und ein Unterarm, der sich nicht mehr richtig abbiegen ließ. Sina verspürte wenig Lust auf ähnliche Blessuren. Vermutlich würden sie in dem schwülen, südostasiatischen Inselklima weitaus weniger dezent ausfallen. Den Gedanken an die häßlichen Spuren auf Martins Leiche schob sie energisch beiseite.

»Mein Plan ist ausgezeichnet«, versicherte sie ihm viel überzeugter, als sie es in Wirklichkeit war. »Wasserdicht. Nichts kann schiefgehen.«

Wenn man es genau nahm, hatten sie bislang allerdings noch kaum etwas in der Hand. Abgesehen von ein paar guten Ideen und viel heißer Luft. Aber wozu sich selbst durch Panikmache verunsichern?

Es war in erster Linie wichtig, die Nerven zu behalten und keine voreiligen Aktionen zu starten. Nicht, bevor sie ganz genau Bescheid wußten. Und das konnte noch ein Weilchen dauern.

»Was habt ihr vor, ihr beiden?« fragte Louis nach. »Gebt ihr eine Vorstellung als Al-Capone-Sisters unter dem kleidsamen Reishütchen?«

»Ich bleibe vorerst in Deckung; Kiko ist die Frontkämpferin«, entgegnete Sina und mußte über seine Formulierung schmunzeln. Dann wurde sie wieder ernst. »Über immer größere Mengen Heroin, die sie nach und nach kauft, tasten wir uns in der Organisation höher«, fuhr sie fort. »Unser Lockmittel ist eine geheimnisvolle Japan-Connection, mit der Kiko dezent, aber nachdrücklich winkt. Du weißt schon, Stoff, der regelmäßig im Land der aufgehenden Sonne gebraucht wird. Ein richtig dicker Köder, der den großen Fisch anlockt. Irgendwo weiter oben muß der Typ stecken, der Martin auf dem Gewissen hat. Wenn wir ihn an der Angel haben, landen wir unseren Coup.«

Sie lachte tief. »Von dem er sich leider, leider nicht wieder erholen wird.«

»Ich weiß nicht recht, Teufelchen!« L. L. hatte ebensowenig überzeugt geklungen wie jetzt Hanne am anderen Ende der Leitung. Immerhin verriet ihre Stimme, daß die hilfsbereite Pragmatikerin in ihr nahe dran war, das Ruder zu übernehmen. »Und wenn ich diese Sabine gefunden habe? Was passiert dann, Mrs. Marlowe?«

»Dann soll sie mich sofort hier im Hotel anrufen«, erwiderte Sina erleichtert. »Oder noch besser. Du faxt ihre Nummer bitte gleich an mich weiter. Falls ich unterwegs bin, hinterlasse ich, wo man mich erreichen kann. Verstehst du, Hanne, der Mord, die Überführung, eine eventuelle Verbrennung – es gibt so vieles mit Sabine zu besprechen! Schließlich mußte ich mir vorübergehend Martins Geld ausborgen. Und dann die ganze Erbschaftsangelegenheit. Wahrscheinlich hinterläßt Martin ein Grundstück, das einigen Wert besitzt. Traumhaft, kann ich dir sagen. Direkt am Meer. Aber Genaueres muß ich erst herausbekommen.«

»Ich melde mich, sobald ich fündig werde«, versprach Hanne. »Sei bloß vorsichtig, du vorwitziges Huhn!«

»Was macht eigentlich unser Laden?« vergewisserte sich Sina kurz vor dem Auflegen. »Alles o. k.?«

»Wir weinen Tag und Nacht. Glaub bloß nicht, daß du dich ungestraft in die Tropen absetzen kannst! Dein Schreibtisch bricht zusammen, Marina hat wahrscheinlich Keuchhusten, und Tilly kuriert seit zwei Tagen vor meinen Augen ihren neuerlichen Anfall von Weltschmerz. Alles wie gehabt, würde ich sagen!«

»Und die neue Liebe wächst und gedeiht?«

»So schön, daß ich es kaum glauben kann.« Jetzt hörte Hanne sich keinen Tag älter als zwanzig an. »Ich kneife mich manchmal morgens nach dem Aufwachen. Aber der Traum nimmt einfach kein Ende.«

Der Satz klang ihr noch im Ohr, als sie kurz danach L. L. an der Strippe hatte.

»Was ist los, Sina?« wollte er wissen. »Du klingst so seltsam belegt. Ist etwas passiert?«

»Nein«, wich sie aus. »Nur kalter Wind aus der

Klimaanlage und leichte klaustrophobische Anfälle, nichts weiter. Bis jetzt läuft alles gut. Ein bißchen schneller könnte es gehen, aber wir kommen voran. Ich werde vielleicht für ein paar Tage aus Kuta verschwinden. Vielleicht bekommt die ganze Sache dann den entscheidenden Drive. Was hast du über die aktuellen Preise herausbekommen, alter Schnüffler?«

»Ich kann dir nur über den Verschnitt berichten, der üblicherweise zu kriegen ist. Dein asiatisches Zeug erreicht den hiesigen Markt nicht. Sicherlich besser so. Einer, der es wissen muß, sagte mir, es sei in der Regel so rein, daß es die hiesigen Konsumenten reihenweise umnieten würde. Und natürlich auf deinen Inseln der Seligen um vieles billiger. In München mußt du derzeit für das Gramm Heroin knapp zweihundert Mark rechnen.«

»Hier wollen sie knapp vierzig Dollar von uns haben«, sagte Sina nachdenklich. »Und das beinhaltet sicherlich schon einen fetten Touristensonderaufschlag. Keine schlechte Branche für jemanden, der schnell zu Geld kommen will.«

»War dein Freund Martin ein Dealer?« Louis pfiff interessiert durch die Zähne. Selbst Ferngespräche mit astronomischen Zähleinheiten taten seiner Neugierde keinen Abbruch.

»Kann ich mir eigentlich nicht vorstellen«, sagte Sina zögernd. »Aber in irgendeiner krummem Sache muß er mit dringesteckt haben. Nicht so einfach, etwas Konkretes herauszufinden, auf einer Insel, wo alle nur lächeln und schweigen.«

Letzteres war nicht ganz richtig. Made Kasih hatte ihr trotz seiner Bedenken schließlich anvertraut, was seine Familie von einer Tochter hielt, die an einer

Überdosis Heroin gestorben war. Für sie war Sri seitdem von Dämonen besessen. Eine Befleckte, noch im Tod Ausgestoßene. Für eine wie sie galt keine einzige der heiligen Überlieferungen mehr. Kein Platz auf dem Gräberfeld in der Nähe des Dorfheiligtums. Keine Bambusrohre mit durchstoßenen Knoten, um dem Totengeist das Verlassen des dunklen Verlieses zu erleichtern.

Und natürlich erst recht keine Verbrennung. Für die Großfamilie gab es keine Tochter, Nichte und Enkelin namens Sri Wintara mehr, die sich nach einer feierlichen Verbrennung neu inkarnieren würde. Für alle hatte sie schlichtweg aufgehört zu existieren.

Made litt darunter, denn er hatte seine Cousine mit den sprechenden schwarzen Augen sehr gern gehabt. Aber auch er wagte keinen Ausweg aus den festen Regeln einer Tradition, die trotz Billig-T-Shirts und knatternder Motorräder keine Abweichung innerhalb ihrer umfriedeten Dörfer duldete. Er war sich nicht einmal sicher, ob er kein Unrecht begangen habe, Sina in den Moralkodex seiner Ahnen einzuweihen.

Sina Teufel dagegen war fest entschlossen, noch wesentlich mehr aus ihm herauszubekommen. Auch aus diesem Grund plante sie, Kuta für ein paar Tage zu verlassen.

Mades Familie lebte in Peliatan, ein Dorf, das sich wegen seiner *Legong*-Tanzschulen bereits einen Namen gemacht hatte, bevor der Ansturm der Touristen das benachbarte Künstlerdorf Ubud erreicht hatte. Der Taxifahrer hatte Sina erzählt, daß auch Sri eines der Mädchen gewesen war, die unter der Anleitung erfahrener Tanzmeister die geschmeidigen Bewegungen gelernt hatte, die auf Bali als hohe Schule der

Anmut und Reinheit gelten. Sina wollte sich mit eigenen Augen davon überzeugen.

Deshalb war sie auf Mades Angebot eingegangen, sie am nächsten Morgen nach Ubud zu fahren. Offenbar war er an dem Auftrag sehr interessiert. Das Geschäft in Kuta ging schleppend. Den ganzen Vormittag hatte sein Chevy sich nicht ein einziges Mal vom Hotelparkplatz wegbewegt. Man spürte, daß die Saison langsam vorüber war. Sie konnte nur hoffen, daß der allmählich verebbende Strom der Besucher sich auch auf Ubud und Umgebung positiv auswirken würde.

Kiko hatte darauf bestanden, daß Sina und Hubsi sie gefahrlos in Kuta zurücklassen könnten.

»Unter weniger Touristen falle ich mehr auf, das ist schon richtig. Andererseits kommen die Cowboys auch mehr unter Druck. Weniger Kunden, weniger Stoff. Was meinst du, wie froh die um eine doofe japanische Melkkuh wie mich sind!«

»Meinst du, du kommst an das Heroin?« fragte Sina skeptisch.

»Heute abend sind wir schlauer«, erwiderte Kiko. »Aber ich bin ganz sicher, daß mein Cowboy angebissen hat. Zwei Gramm habe ich geordert, zum Schnuppern. Genug, um ihm die Kiemen weiter zu öffnen. Für die nächste Bestellung seid ihr mir nur im Weg. Also, nichts wie ab nach Ubud mit euch!«

»Keine Angst vor bösen schwarzen Kerlen?« wollte Hubsi wissen. »Irgendwie habe ich kein gutes Gefühl, dich mir hier allein vorzustellen. So ganz ohne uns.«

»Wird mich schon keiner klauen!« sagte Kiko zuversichtlich. »Niemand kann daran interessiert sein, einer vielversprechenden Interessentin ein Härchen zu krümmen. Glaub mir, ich bin ohne euch im Schlepptau viel überzeugender.«

Damit hatte sie sicherlich recht. Aus diesem Grund hatten sie auch die Idee verworfen, Kiko solle aus Sicherheitsgründen vorübergehend das Hotel wechseln. Besser, sie blieb, wo sie war. Eventuelle Nachforschungen würden keinerlei Auffälligkeiten ergeben.

Sina und Hubsi dagegen würden das junge Liebespaar mimen, das sich gerade gefunden hatte und nun zum ausgiebigen Flittern ins Landesinnere weiterzog. In das schönste Hotel im schönsten Ort der ganzen Insel, wie der Wiener zu betonen nicht müde wurde.

»Luxus pur«, sagte er verträumt und deutete auf den Farbprospekt, mit dem er Sina schon seit gestern abend vor der Nase rumwedelte. »*Kupu Kupu Barong* – das Hotel, in dem auch Mick Jagger absteigt, wenn er nach Bali kommt. Schau doch, jeder der drei Pools hängt mitten in den Reisterrassen!«

Zuerst wollte sie ablehnen. Unmäßiges Prassen inmitten von Menschen, die froh sein konnten, wenn sie genügend Schalen Reis am Tag bekamen. Irgend etwas in der Richtung.

Dann aber besann sie sich. Wo war eigentlich der Unterschied zu dem bequemen Mittelklassehotel, in dem sie zur Zeit wohnte? Alles, wie Kiko schon so klug bemerkt hatte, reine Definitionssache. Und ein bißchen Unvernunft konnte ihr nicht schaden.

»Also gut«, sagte sie schließlich. »Du kümmerst dich um die Reservierung?«

»Schon geschehen«, grinste er zurück. »Zwei Nächte, zwei Doppelzimmer. Ich denke, du wirst nicht enttäuscht sein.«

Diesmal dauerte es wesentlich länger, bis Kiko zurückkam. Sina und Hubsi warteten ein Stück von der Disko entfernt. Zur Abwechslung nicht im Taxi, sondern in einem unauffälligen Leihwagen.

Die kleine Japanerin hielt sich nur kurz in dem mäßig besuchten Tanzschuppen auf, dann fuhr sie mit ihrem Kontaktmann in das Zentrum von Legian zurück. Ihr Winken bedeutete ihnen, ihr nicht zu folgen, sondern weiter zu warten.

Im stilvollen Garten eines kaum besuchten thailändischen Restaurants fand die Übergabe statt. Zwei Gramm Heroin, wie sie als Testmenge vereinbart hatten.

Nach ihrer Rückkehr berichtete Kiko Sina und Hubsi bei einem Schlummercocktail, daß zwei Hintermänner sie keine Sekunde aus den Augen gelassen hätten. »Die beiden standen zwischen den Säulen im Hintergrund. Dunkle, bewegungslose Schatten, die alles beobachtet haben.«

»Wir sagen Ubud ab!« rief Sina spontan. »Unter diesen Umständen rühre ich mich nicht von der Stelle!«

»Aber das zeigt doch gerade, daß unser Plan funktioniert!« beharrte Kiko. »Sie haben geschluckt, daß ich eine größere Nummer bin, verstehst du? Jetzt kommt die nächste Stufe. Ich hab' den Kleinen ordentlich heiß gemacht, als ich ihn fragte, ob ich auch fünfzig Gramm haben könnte. Und mehr. Seine Augen wurden tellergroß, und er hat so aufgeregt zu den Typen hinten gewedelt, daß er beinahe vom Kissen gerutscht wäre.« Sie kicherte vergnügt. »Er müsse erst nachfragen, hat er gestottert. Das war offenkundig eine Nummer zu groß für ihn.«

»Wann bekommst du Bescheid?« wollte Hubsi wissen.

»Übermorgen«, sagte Kiko. »Nur nichts überstürzen! Ich muß ja auch noch rausbekommen, was das Zeug taugt. Zumindest sollte ich als Kennerin auftreten, die sich nicht reinlegen läßt. Bis ich die Typen treffe, seid ihr längst wieder da. Es sei denn, ihr kommt plötzlich auf den Geschmack und verlängert euren Flitterausflug.«

Sinas strafender Blick brachte sie nur kurz zum Schweigen. »Vielleicht überlegst du es dir ja noch einmal«, flüsterte sie, als Hubsi an der Bar ein letztes Bier holen ging. »Ich an deiner Stelle würde mir so eine Gelegenheit nicht entgehen lassen. Der ist doch echt nett!«

Das war es ja gerade, was Sina so unruhig machte. Hubsis absolute Nettigkeit, an der auch nach gründlichem Suchen keinerlei Abstriche zu machen waren. Er war bei ihrem Plan ganz dabei, ja, er engagierte sich, als sei Martin einer seiner besten Freunde gewesen. Nicht ein einziges Mal war er ihr in den vergangenen Tagen blöd gekommen.

Besser auf die Dinge zurückkommen, die unbedingt noch bedacht werden mußten. Sina graute vor seelischen Untiefen, die sie bei ihrer ohnehin heiklen Mission belasten könnten. Für Liebeständelei war jetzt wirklich nicht der geeignete Zeitpunkt.

»Mit dem Geld kommen wir hin. Wir haben ja Martins Reserve zur Verfügung. Aber wie willst du hier an eine Qualitätsbestimmung kommen?« fragte sie Kiko stirnrunzelnd. »Du kannst das Heroin ja schlecht nach Hause schicken und von deinem Konzernchemiker begutachten lassen.«

»Das nicht«, erwiderte Kiko. »Aber ich habe gleich am ersten Tag einen Typen aus Kyoto getroffen, der seit ein paar Jahren die meiste Zeit hier wohnt. Kannst dir denken, warum. Musiker, nicht schlecht drauf. Kein großer Fixer, aber einer, der sicherlich einige Erfahrung hat. Der dürfte sich prima als Experte eignen.«

»Wird der sich nicht ein bißchen wundern, wenn du ihn plötzlich bittest, Heroin für dich zu prüfen?« wandte Sina ein.

»Für ein halbes Gramm gratis wundert der sich über gar nichts«, sagte Kiko. »Du kannst dir außerdem nicht vorstellen, wie überzeugend ich in meiner Rolle als Ausgeflippte sein kann.« Sie deutete eine verrucht-überzogene Pose an. »Es gibt praktisch niemanden, der nicht darauf hereinfallen würde.«

Sie verabredeten sich zum Frühstück, und Sina ging in ihr Zimmer, um ein paar Sachen für Ubud zu packen. Unschlüssig hielt sie Hosen und Hemden in der Hand, dann beschloß sie, nur das Allernotwendigste mitzunehmen.

Das Tarotdeck und Martins Tagebuch legte sie nach kurzem Zögern dazu.

10

Vielleicht war hier einst das Paradies gewesen.

Made hatte auf Sinas Wunsch hin die Hauptstraße verlassen. Auf einem Fahrweg, der viel Ähnlichkeit mit einem Rübenacker besaß, holperten sie im Schrittempo dem berühmten Ort der Maler und Künstler entgegen.

Sie kamen durch kleine Dörfer mit hohen Schutzmauern aus Lehm und Tempeltoren aus rotem Ziegelstein, mit Gehöften voller grasgedeckter Bales; sie überquerten schmale, wackelige Brücken, fuhren durch Palmenwälder. Der Dschungel gleich neben dem Straßenrand, spielende Kinder, ein paar schläfrige Hunde. Alles so friedlich, freundlich, fremd und warm. Paradiesisch.

Der Wechsel hätte krasser nicht sein können. Das ehemalige Straßendorf Ubud hatte sich in einen lärmenden Touristensupermarkt verwandelt. Jetzt, wo der Besucherstrom saisonbedingt spärlicher floß, zeigten sich die Verwüstungen besonders deutlich. Nahezu jedes der Häuser barg im Erdgeschoß ein Geschäft, ein Restaurant oder eine Imbißbude. Alles bunt bemalt und beschallt von Gamelan-Kassetten. Im Hintergrund dudelte überlaute Popmusik.

Sina schloß sofort das Fenster und warf Hubsi einen Blick zu. »Das ist der schönste Ort der Insel?« sagte sie spöttisch. »Wie wird dann wohl das schönste Hotel aussehen?«

»Nicht gleich nach dem ersten Eindruck urteilen«, entgegnete er ruhig. »Ubud entfaltet seinen Charme per pedes. Ich sage nur: *Café Lotos* bei Nacht! Und was das Hotel betrifft – laß dich überraschen!«

Er ließ Made, der es plötzlich eilig zu haben schien, unterwegs noch einmal kurz anhalten.

»Hier ist das Museum Neka«, sagte er. »Ein zweites Museum liegt im Ort selbst. Es lohnt sich, beides anzuschauen. Vor allem die Arbeiten der ›Young Artists‹, die neue westliche Einflüsse in ihre Kunst einbeziehen. Aber das ist nur eine kleine Auswahl von dem, was hier entsteht. Überall in und um Ubud wimmelt es von Malern. Wenn du etwas für dich suchst, brauchst du allerdings Geduld und gute Nerven.«

»Ist das nicht alles nur Touristenzeug?« wandte Sina ein. «Ex-und-hopp-Kunst? Mein Freund Carlo hat mir dringend zu Ersatztaschen geraten. Bis jetzt habe ich aber außer meinem schönen Dickbauch-Ganesha noch nichts entdeckt, was mich zum Kauf gereizt hätte.«

Sie waren abgebogen und standen vor einem hohen Tor, das sich lautlos vor ihnen öffnete.

»In Ubud hast du die beste Gelegenheit, dich vom Gegenteil überzeugen zu lassen«, antwortete Hubsi.

Nach mehreren gepflegten Kieskurven hielt Made vor einer überdachten Empfangshalle, vor der ein Lotosteich angelegt war.

»Wann ich Sie sehe wieder?« fragte er, der während der ganzen Fahrt ungewohnt still geblieben war. »Vielleicht Sie haben Verwendung auch hier für mich«, setzte er ein wenig steif hinzu.

»Sie wissen, was ich mir von Ihnen wünsche«, sagte Sina halblaut. »Obwohl ich weiß, daß es nicht leicht für Sie ist. Sprechen Sie bitte mit Ihrer Familie! Sagen Sie ihr, daß sie mich unbedingt empfangen soll. Bitte, Made, helfen Sie mir!«

Er sah sie unschlüssig an. »Ich Sie komme holen morgen früh«, wechselte er das Thema. »Vielleicht um neun Uhr?«

»Lieber gegen zehn«, bat Sina.

»Dann ich Ihnen zeige meine Heimat. Ist auch Heimat der Götter, die Menschen bewachen, die sie schützen und ehren.«

Er stieg ein und fuhr davon.

Ihrer Taschen hatten sich schon ein flinker Hotelboy bemächtigt, und der freundliche Empfangschef beeindruckte sie mit seinem geschliffenen Deutsch. »Vier Jahre Frankfurt«, antwortete er lächelnd auf ihre erstaunte Frage. »Eine interessante Stadt in einem interessanten Land. Eine wichtige Zeit in meinem Leben.«

Er hatte ihnen zwei Zimmer im gleichen Haus reservieren lassen. Beste Hanglage. Ungetrübte Sicht auf Fluß und Palmenwald.

Er hatte nicht übertrieben. Am Ende des malerischen Trampelpfades durch die mustergültige Anlage standen sie vor einem geräumigen Haus im traditionellen Stil. Wunderschöne große Zimmer, jedes mit einem verschwenderischen Doppelbett ausgestattet. Im Erdgeschoß ein gemeinsamer, freundlich möblierter Wohnraum mit Balkon. Tiefer gelegenes Marmorbad, in das von außen Farne und Orchideen wuchern konnten.

Und die Aussicht war atemberaubend. Sina, die ohne Scham das größere der beiden Zimmer in Beschlag genommen hatte, entfuhr ein Seufzer der Begeisterung. Zu ihren Füßen schlängelte sich ein reißender Fluß, auf dem Waghalsige »rafting« betreiben konnten, eine jener Sportarten, die ideal für erhöhten Adrenalinausstoß waren.

Bis zum Flußufer erstreckte sich ein dichter Palmenwald. Abgestufte Grüntöne, exotische Blumen, Kolibris. Tropen, wie sie kitschiger nicht sein konnten.

»Na, habe ich dir zuviel versprochen?«

Hubsi strahlte sie an, als sei *Kupu Kupu Barong* seine ureigenste Erfindung.

»Wirklich ungewöhnlich schön hier«, versicherte

Sina. »Genau der Ort, den ich brauche, um ein bißchen zur Ruhe zu kommen.«

»Willst du lieber allein sein? Ich kann mich ja zwischenzeitlich an den verschiedenen Pools verlustieren!«

»Heute nachmittag sehr gerne«, erwiderte sie überrascht. Verständnisvoll und feinfühlig war er auch noch! »Ich würde mir gerne über ein paar Ungereimtheiten klarwerden.«

»Gut, du findest mich an der Bar.« Er schien nicht die Spur gekränkt zu sein. »Sagen wir, gegen halb sechs, zum Sunset-Downer?«

»Einverstanden.«

Zum Auspacken gab es nicht viel. Sie trank den blütengeschmückten Empfangscocktail auf dem Balkon und ließ Exotik pur auf ihrer Netzhaut explodieren. Die weiche Luft machte sie entspannt und schläfrig. Trotzdem nahm sie Martins Tagebuch zur Hand und begann darin zu blättern.

Typisch für ihn, dachte sie nach wenigen Seiten. Die Eintragungen waren kurz und wirkten hingeschludert, sah man einmal von dem Aufwand ab, den er mit seiner Codierung betrieben hatte.

Mißmutig starrte sie auf die verwirrende Anhäufung von Buchstaben, die keinerlei Sinn ergeben wollte. Sie hatte schon immer eine Abneigung gegen Geheimschriften und Abkürzungen gehabt, die man nach kurzer Zeit ohnehin nicht mehr entziffern konnte. Martin dagegen war ein ausgesprochener Fan verschlüsselter Botschaften gewesen. Und er war es geblieben – über seinen Tod hinaus.

Verdammt – sie mußte es schaffen, das Tagebuch zu entziffern!

Aber wie? Für eine wie sie, die schon bei einem mittelschweren Kreuzworträtsel scheiterte, eine schier unlösbare Aufgabe.

Ihr einziger Anhaltspunkt war das Datum. Das Tagebuch begann am 8. Juni. Am 26. Oktober, vier Tage vor seinem Tod, war die letzte Eintragung. Die Schrift war wirr, chaotisch, an einer Stelle zerlaufen. Tränen?

Nur der letzte Absatz war normal geschrieben. »Sie ist tot«, stand da, so hingeschmiert und unleserlich, daß Sina es beinahe übersehen hätte. »Sie haben Sri umgebracht. Gestern. Und jetzt holen sie mich.«

Blickte man auf die steinerne Wand, so hatte man den Eindruck einer geöffneten Türe, die den Schattenriß einer Tänzerin freigab. In Wirklichkeit war alles Illusion, erzeugt von geschickt plazierten Strahlern, die auf die entsprechenden Stellen des kleinen Heiligtums im Hintergrund gerichtet waren.

Dabei wäre das Naturschauspiel vor ihnen bereits als abendfüllendes Programm ausreichend gewesen. Ein Wald von Lotosblüten wuchs aus dem Teich, manche beinahe mannshoch, mit halbgeöffneten Blüten; andere noch geschlossen. Weiß, zart rosafarben, pink – die Farben wirkten im Mischlicht von Mond und Scheinwerfer künstlich und überhöht.

Immer wieder verfiel Sina in Schweigen. Sie hatten ihr Abendessen beendet und saßen noch vor ihren Margaritas.

»Bist du weitergekommen, mit dem, was dich beschäftigt?« fragte er schließlich.

»Nicht einen Millimeter«, seufzte Sina. »Martin hat einen Geheimschriftentick gehabt. Ich habe Aufzeichnungen von ihm gefunden, die uns weiterbringen könnten. Aber ich bin leider nicht in der Lage, sie zu entziffern. Ich bin eine Idiotin, was solche Dinge betrifft.«

»Laß mich doch mal einen Blick reinwerfen«, schlug Hubsi vor. »Wahrscheinlich durchlaufen alle Jungen eine Phase, wo es nichts Spannenderes für sie gibt als Kritzel und Kürzel. Unsichtbare Tinte. Zitronensaft, der beim Bügeln sichtbar wird, und das ganze andere Zeug. Die meisten hören damit auf, wenn sie sich für Mädchen zu interessieren beginnen.«

»Und du?« fragte Sina. »Das klang so, als ob noch etwas kommen würde.«

»Ich zum Beispiel bin bis heute ein Tüftler geblieben«, grinste er. »Muß irgend etwas mit fehlgeleiteten Hormonen zu tun haben. Jedenfalls hat das immer meine Frau behauptet. Vielleicht bastle ich deshalb so gern an meinen Bits herum.«

Er betrieb eine kleine Software-Firma in einem Wiener Außenbezirk, die sich auf ausgefallene Programme spezialisiert hatte. Ginge es nach seinen Kunden, könnte er arbeiten bis zum Umfallen. Aber genau das wollte Hubsi Bär nicht. Dafür war ihm das Leben zu kurz.

Ziemlich rüde unterbrach Sina seinen philosophischen Ansatz. »Ich bin ziemlich müde«, sagte sie und unterdrückte ein Gähnen. »Wollen wir zurück ins Hotel fahren?«

»Was muß man eigentlich tun, um dich zu knakken?« Er hatte sich weit vorgebeugt und schaute sie aus hellen Augen eindringlich an. »Sich in die Brust schießen? Total verrückt werden? Oder genügt dir ein normaler epileptischer Anfall?«

»Laß doch«, wehrte sie ab und griff nach ihrer Tasche. »Es war so friedlich heute abend.«

»Reicht dir das? Das kannst du mir nicht weismachen!« sagte er, beinahe wütend.

»Ich bin jetzt nicht in der Stimmung für solche Gespräche.« Ihr Ton war gereizt geworden.

»Schon gar nicht mit Typen, die du schon deswegen bescheuert findest, weil sie sich offen für dich interessieren«, setzte er aggressiv hinzu. »Das wolltest du doch damit sagen, oder? Ist dir die coole Art lieber, die immer noch ein Hintertürchen offen läßt? Mir nicht, Frau Dr. Teufel! Ich habe sie bis hierher, das kann ich Ihnen sagen! Und die Weiber, die darauf stehen, erst recht!«

Er leerte sein Glas, ohne abzusetzen.

»So ähnlich habe ich mich nach meiner Scheidung auch gefühlt«, sagte Sina schließlich. »Innen ganz wund. Schlimm ist nur, wenn die Narben wuchern, anstatt zu heilen. Dann hört der Schmerz nie auf, weißt du. Und du duckst dich ganz automatisch weg, damit es nie mehr wieder so weh tun kann. Egal, was kommt. Vielleicht auch ein paarmal zuviel.« Sie lachte heiser. »Das ist dann dein ganz persönliches Pech.«

»Ich möchte nicht allein bleiben«, sagte er halblaut. »Jedenfalls nicht für immer.«

»Wer will das schon?« erwiderte Sina. »Und dann passiert es doch. Irgendwie. Das Schlimmste daran ist wahrscheinlich, daß man sich daran gewöhnt. Plötzlich ist es ganz normal.« Sie stand auf. »Komm«, sagte sie. »Jetzt ist es wirklich Zeit, sonst ist unweigerlich das heulende Elend an der Reihe. Dafür sind die Lotosblüten viel zu schön. Fahren wir!«

Irgendwann in der Nacht mußte der Regen eingesetzt haben. Ein gleichmäßiges Rauschen, als falle ein dichter, schwerer Wasservorhang. Plötzlich war es im Zimmer schwül geworden. Sie stand auf, um die Kühlung auf kleiner Stufe anzustellen.

Sie war durstig.

Sie tapste die Stufen hinunter zum Badezimmer, wo die Karaffe mit dem Trinkwasser stand, und sah, daß im Wohnraum Licht brannte. Hubsi kauerte in knallroten Boxershorts auf dem Sofa und war in Martins Geheimschrift vertieft.

»Gar nicht einfach«, murmelte er. »Ich weiß noch nicht, wie er es gemacht hat. Aber keine Angst, ich kriege es raus!«

»Muß nicht unbedingt sein, bevor es hell wird«, sagte sie lächelnd. »Auch ein Glas Wasser?«

Beide tranken schweigend.

»Hat er dir auch Kummer bereitet?« fragte Hubsi nach einer Weile und deutete auf das Buch auf seinem Schoß.

»Martin? Nein«, sagte Sina. »Mit dem hätte es vielleicht sogar was werden können, wenn wir uns beide damals getraut hätten. Aber wir haben nicht.«

»Leider nicht?«

»Ich weiß es nicht«, erwiderte Sina. »Ehrlich nicht. Frag mich was Leichteres.«

Und dann starrte sie hinaus in die Dunkelheit, während er weiterhin am Tagebuch knobelte.

11

Er war zur Zeit des Frühstücks gekommen, um möglichst alle anzutreffen. Da waren die morgendlichen Opfergestecke schon verteilt, die Wassereimer herbeigeschleppt, die Tiere gefüttert. Nyoman kannte den regelmäßigen, stets wiederkehrenden Ablauf seit seiner Kindheit.

Schon von außen sah man, daß sie zu den einfachen Leuten gehörten, obwohl der Ruf der Holzschnitzer aus dieser Gegend überall auf der Insel gut war. Der Kampong der Großfamilie war nur von einem einfachen Lehmwall umschlossen. Kein Schnitzwerk, nirgends Verzierungen. Allerdings sprossen überall Blumen, und ein paar große Palmen schenkten Schatten.

Er schritt durch das schmale Tor, das nach innen führte, und umging die freistehende Mauer gegen das nächtliche Eindringen böser Geister. Zischend wehrte er die Hundemeute ab, die um seine Beine kläffte. Notfalls würde sie ein gezielter Tritt zum Schweigen bringen.

Er war allein gekommen.

Als er jetzt auf dem Innenhof stand, der wegen der Skorpione mindestens zweimal am Tag sorgfältig gefegt wurde, kamen ihm zum ersten Mal leise Zweifel. Er straffte sich, ging ein paar Meter weiter. An der Längsseite erstreckte sich das Küchenhaus, in dem die Feuerstellen der einzelnen Familien lagen.

Primitives Pack, dachte er verächtlich und spuckte im letzten Moment doch nicht aus. Reisspeicher, Schweinestall, Brunnen, Waschplatz. All die Dinge, denen er für immer den Rücken gekehrt hatte.

Natürlich war es eine Alte, die ihn als erste entdeckte. Anders wäre es auch in seinem Heimatdorf nicht gewesen. Sofort begann sie aufgeregt zu schnattern und stürzte in einen der Eingänge. Nur ein Zimmer lag dahinter. Mutter, Vater, die Kinder – alle schliefen im gleichen Mief. Nyoman wußte es, ohne einen Fuß hineinzusetzen. Sie lebten noch immer so, wie ihre Vorfahren vor hundert und mehr Jahren. Als ob sich in der Zwischenzeit nichts verändert hätte!

Zwei Männer waren herausgeschossen und bauten sich halb drohend, halb ängstlich vor ihm auf.

»Was willst du hier?« sagte der ältere von beiden.

»Mit euch reden.« Am liebsten hätte er Englisch gesprochen, um sie von Anfang an in ihre Schranken zu verweisen. Statt dessen wählte er die Anrede, die Höhergestellten im Umgang mit Untergebenen vorbehalten ist. »Dort drüben am besten, beim Familientempel.«

Er freute sich, als sie zusammenzuckten. Sie bangen um ihre Götter- und Ahnenschreine, dachte er. Wahrscheinlich haben sie Angst, ich könnte sie mit meiner Anwesenheit vergiften. Der Hauch eines bösen Unterweltsdrachen. Heroin und Tod. Er lächelte dünn.

»Ich möchte, daß alle kommen«, rief er ihnen hinterher. »*Alle*, versteht ihr?«

Es dauerte eine Weile, dann waren sie versammelt. Die Kinder fehlten, er hörte sie in einem der Häuser schreien. Vor dem Dämon rechtzeitig in Sicherheit gebracht.

Wieder verspürte Nyoman den Drang zu lächeln. Ihre Vorsicht würde ihnen wenig nützen, falls sie sich wider Erwarten uneinsichtig zeigten.

Die Männer standen vorn, magere, zum Teil eingefallene Gestalten mit schwieligen Händen und Bauerngesichtern, derb, wie das Holz, das sie noch heute zu einem Hungerlohn bearbeiteten. Hinter ihnen drängten sich die Frauen, dazwischen ein paar junge Mädchen, die in wenigen Jahren schon so verwelkt sein würden wie ihre Mütter.

Die bucklige Alte führte das Wort. »Was willst du hier?« keifte sie. »Ist es nicht genug, was du unserer Familie angetan hast?«

»Das kommt darauf an.« Nyoman entschloß sich, ruhig und überlegt zu bleiben. »Ihr habt etwas genommen, was mir gehört. Und ich will es zurückhaben. Sofort. Unversehrt.«

Ihre Reaktion bewies ihm, daß seine Vermutung richtig gewesen war. Sie *waren* in dem Haus des Deutschen gewesen. Einige, vielleicht viele von ihnen. Sie hatten es beschmutzt und zerstört. Aus Rache, aus Verzweiflung. Egal, warum. Ihn interessierte nur, wo der Stoff geblieben war.

»Also?« Er machte einen großen Schritt auf sie zu. Starrte in ihre erschrockenen Gesichter. Es schien nicht besonders schwierig zu werden. »Wo ist mein Eigentum?« fragte er streng.

Sie begannen zu flüstern, sich hektisch untereinander zu besprechen. Ihr Dialekt war so gurgelnd, daß er nur jedes dritte Wort verstand.

»Wir wissen nicht, was du willst.« Einer der jüngeren Männer war zur Seite getreten und sah ihn böse an. »Die Familie hat nichts Unrechtes getan.«

»Ach, wirklich nicht? Diebstahl ist meines Erachtens ein Verbrechen – oder täusche ich mich?«

Sie waren ein Stück zurückgewichen. Ballten sich

enger zusammen. Ein Wall aus Menschenleibern, gegen den Eindringling errichtet.

»Nicht so schlimm wie Mord«, keifte die Alte und spuckte in seine Richtung. »Oder Schande. Und Verlust der Seele.«

»Ich habe keine Lust, meine Zeit mit euch zu vertrödeln«, bellte Nyoman zurück. »Ich will mein Eigentum wieder haben. Und zwar bald. Wenn nicht ...«

Sein Blick streifte über die halbwüchsigen Mädchen, die sich hinter ihren Vätern klein machten. Er zog scharf die Luft zwischen den Zähnen ein und senkte seine Stimme. »Wäre doch schade, wenn weitere junge *Legong*-Tänzerinnen aus eurer Familie zu Schaden kämen, meint ihr nicht?«

In die Gruppe der Männer kam Bewegung, aber die Frauen schienen sie im letzten Moment zurückzuhalten.

»Ich meine es ernst«, sagte Nyoman und wandte sich zum Gehen. »Eine Woche. Dann ist die Zeit des Nachdenkens vorbei. Endgültig.«

Er spürte die Blicke in seinem Rücken, aber er ging um keinen Deut schneller. Draußen schloß er seinen Kleinbus auf und ließ sich in die Sitze fallen.

Vielleicht würde es doch schwieriger werden, als er gedacht hatte. Aber es lohnte sich, dranzubleiben. Auf jeden Fall war es sein Deal. Nicht einmal der Boß würde etwas davon erfahren.

Er ließ den Motor an und fuhr nach Kuta zurück.

12

»Gehört der etwa auch zur Familie?« Sina sah dem Mann im dunkelblauen Kleinbus nach, der gerade quietschend losgefahren war.

»Ganz im Gegenteil.« Made Kasih schaute drein, als ob er eine Kröte verschluckt hätte.

»Ich kenne ihn«, sagte sie. »Er war zusammen mit dem amerikanischen Langzahn bei Martins Haus. Ich hatte den Eindruck, die beiden bei etwas gestört zu haben. Wer ist er?«

»Ein schlechter Mensch«, erwiderte Made impulsiv. »Sehr böse. Jemand, der Atem des Todes in sich hat.«

»Was hat er hier gewollt?« fragte sie weiter. Sie waren ausgestiegen und standen vor dem schmucklosen Lehmwall, der das Anwesen der Großfamilie umschloß.

»Ich weiß nicht«, sagte Made matt. Er schien sich keine besondere Mühe zu geben, damit sie ihm glaubte. »Kommen Sie bitte – man erwartet uns.«

Sina folgte ihm und sah sich neugierig um. Ein paar kleine, hüttenähnliche Häuser lagen um einen staubigen Innenhof. Eines der Gebäude war größer und langgestreckt. Aufsteigender Rauch verriet das Küchenhaus.

Hunde kläfften sie an, aber nicht einmal die Tiere kamen ihr hier aggressiv vor. Goldenes Licht lag auf den Grasdächern. Die Stimmung war friedlich und ruhig.

»Kampong, wo ganze Familie zusammen wohnt, ist wie Körper von Menschen«, soufflierte Made halblaut neben ihr. »Kopf sind geehrte Ahnen- und Götterschreine. Bitte gucken dort.« Er zeigte in östliche Richtung. »Liegt stets an Seite, die heiligem Berg Agung am nächsten ist. Schlafhäuser sind Arme. Beine und Füße sind Kochhaus und Reisspeicher. Innenhof ist Nabel.« Er tippte auf seinen flachen Bauch und kicherte leise. »Tore sind geheime Organe.« Jetzt flüsterte er nur noch. »Abfallgrube ist letztes Loch im Körper. Alles notwendig. Nichts kann sein ohne anderes, sonst kein Leben möglich.«

Er zog sie ein Stück beiseite. »Bitte Sie kommen, Familie wartet schon.«

Neben den Ahnenschreien sah Sina eine größere Anzahl von Männern und Frauen stehen, zu denen jetzt einige Kinder liefen. Die meisten der Erwachsenen hatten straffes, glattes Haar und relativ helle Haut, aber es waren auch einige dunklere Krausköpfe mit wulstigen Lippen darunter. Ein paar schmale, halbwüchsige Mädchen drückten sich scheu nach hinten. Die auffallendste Erscheinung war eine leicht gebückte Weißhaarige, die Anmut und Würde ausstrahlte.

»Verehrte Großmutter«, sagte Made, der ihren Blikken gefolgt war. »Hat Sri ihren eigenen Namen gegeben.«

Keine Spur von dem freundlichen Lächeln, an das Sina sich schon so gewöhnt hatte. Sie standen eng zusammen, als ob sie sich gegenseitig schützen wollten. Irgend etwas mußte geschehen sein. Sina konnte die Angst und Anspannung spüren, die über der Familie schwebten.

»Was ist los?« zischte sie Made zu. »Was ist passiert?«

Er ließ ein paar schnelle Sätze los, dann zuckte er die Achseln. »Kein guter Tag heute für lange Gespräche«, sagte er lakonisch. »Großmutter will Opfer an die Götter bringen.«

»Ich werde sie nicht lange aufhalten. Ich möchte nur, daß sie mir ein paar Fragen beantworten. Bitte, Made, stellen Sie mich kurz vor! Sagen Sie ihnen, daß ich Anwältin bin. Und wie wichtig es für mich ist!«

Wieder ein paar kurze Sätze. Sie hatte das Gefühl, daß er das meiste ausließ, was sie gesagt hatte.

»Was wissen Sie über Martin Stegmanns Tod?«

Made blieb stumm.

»Bitte, Made, übersetzen Sie!« drängte sie ihn.

»Besser andere Frage zuerst«, schlug er zögernd vor. »Gefühle nicht zu verletzen.«

»Also gut«, sagte Sina. »Wann haben Sie Martin Stegmann zum letzten Mal gesehen?« Sie sah die alte Frau dabei an, aber ein schlanker Mann hinter ihr antwortete.

»Anfang Oktober«, übersetzte Made. »Er hat von großem Hotel erzählt, das er bauen wollte. Und er kam, um zu sagen, daß Heirat mit Sri geplant ist.«

Eine krausköpfige Frau schaltete sich ein. Sie sprach lange, begleitet von temperamentvollen Gesten.

»Ist Tante von Sri, die sie geliebt hat wie Mutter. Mutter gestorben, aber Vater lebt. Hat vier andere Töchter und einen kleinen Sohn. Für alle er muß sorgen. Vor Kummer nun ist ganz krank.«

»War die Familie gegen die Heirat?« fragte Sina weiter. Diesmal mußte sie nach Mades Vermittlung nicht lange auf die Antwort warten. Mehrere Familienmitglieder redeten laut durcheinander.

»Auf Bali Mädchen dürfen nicht mit Männern zusammenleben«, dolmetschte Made, nachdem sich der Aufruhr gelegt hatte. »Auch nicht aus fremden Ländern. Wenn Liebe ist echt – warum dann keine Hochzeit? Deshalb Familie war froh, daß Tochter zur Vernunft gekommen war. Bis...«

Er hielt inne, biß sich auf die Lippen. Blinzelte zur Großmutter hinüber, die laut zu schimpfen begonnen hatte.

»Was sagt sie?« drängte Sina.

»Sie wollten Tochter nicht geben einem Mann mit Schmutz an Händen«, sagte Made leise und sah peinlich berührt zu Boden. »Sie hatten gehört, daß er mit Tod handelt.«

»Rauschgift meinen Sie? Heroin?«

Er nickte bekümmert. »Für Menschen auf Bali ist tabu«, sagte er. »Für alle guten Menschen. Wer es berührt, wird unrein. Und alles, was er weiter anfaßt. Dinge. Menschen. Kann nicht länger zu Familie gehören. Oder zu Dorf. Niemand wird mehr sein Wasser mit ihm teilen. Ohne Wasser kein Reis. Ohne Reis er muß sterben. Sie verstehen? Einer – ist nichts. Erst alle zusammen – sind Leben.«

Plötzlich wußte Sina, was geschehen sein mußte. Natürlich – es gab keine andere Erklärung!

»*Sie* haben Martins Haus zerstört«, sagte sie nachdenklich und faßte ihren Dolmetscher dabei fest ins Auge. »Mitglieder dieser Familie. Wer weiß, wie viele. Bitte übersetzen Sie – jedes einzelne Wort, das ich sage!«

Er gehorchte zögernd.

»Sie wollten die Schande tilgen, nicht wahr?« fuhr Sina fort. »Oder war es Rache für den Tod von Sri? Was ist dort geschehen? Haben Sie in dem Haus jemanden gesehen? Oder vielleicht etwas gefunden?«

Die Großmutter verschränkte die Arme vor der Brust und warf ihr eine kurze, abschätzige Antwort hin.

»Sie wollen Familie der Polizei verraten?« dolmetschte Made. »Können Sie hier nicht viel erwarten! Niemand unterstützt Ausländer, die mit Drogen zerstören.«

»Ach was, Polizei!« sagte Sina ungeduldig. »Nein, das ist es nicht, was mich interessiert! Bitte hören Sie mir zu: Mein Freund Martin war kein Mörder. Ich kann nicht einmal glauben, daß er ein Dealer war, auch wenn es danach aussieht. Wenn er Fehler gemacht hat, dann hat er dafür mit seinem Leben bezahlt. Ich will herausfinden, wer dafür verantwortlich ist. Ich habe einen Plan. Aber dafür brauche ich Ihre Hilfe. Wollen Sie mich unterstützen?«

Während er übersetzte, sah sie von einem Gesicht zum anderen. Abwehr las sie da, Trauer, Entsetzen. Viel Fremdheit.

»Nun, was sagt sie?« wandte sie sich an Made, der aufmerksam der Großmutter zuhörte.

»Sie haben alles verbrannt«, sagte er. »Das ganze Gift. Nun es kann niemanden mehr zerstören.«

»Er hatte Heroin im Haus? Größere Mengen?« fragte sie zurück, mehr überrascht als schockiert.

Made dolmetschte, dann nickte er. »Viele Beutel«, war seine Antwort. »Aber sie haben alles ins Feuer geworfen.«

»Gut«, sagte Sina und versuchte, ein gewinnendes Lächeln aufzusetzen. »Ich will, daß so etwas nicht mehr passiert. Kein Heroin. Keine Schande. Kein Tod.

Weder in dieser Familie, noch in einer anderen. Wenn mein Plan funktioniert, wird es einen weniger geben, der Leben zerstören kann. Helfen Sie mir?«

Made dolmetschte, und die Großmutter ließ sich Zeit mit ihrer Antwort. Schweigend musterte sie die deutsche Anwältin, die froh war, in heller Seidenhose und einer passenden Bluse relativ korrekt gekleidet zu sein. Dann sagte sie etwas zu Made, das kurz und prägnant schien.

»Erzählen Sie«, bat er Sina. »Sie will alles wissen.«

»Eine Frau, die kinderlos bleibt, ist verdammt, nach dem Tod eine große Raupe zu säugen. Ein Mann, der unverheiratet stirbt, muß im nächsten Dasein niedere Arbeiten verrichten, wie zum Beispiel die Schweine füttern...« Hubsi ließ seinen Bali-Reiseführer sinken. »Ganz schön herbe Vorstellungen! Ob sie damit ihr Problem der Überbevölkerung bewältigen können?«

Sie saßen auf dem Balkon vor ihrem Wohnzimmer. Beide ziemlich erschöpft. Sina, weil sie der Besuch bei Mades Großfamilie nicht loslassen wollte. Hubsi, weil er eine ausgiebige Suche nach schönen Bildern hinter sich hatte.

Und er war fündig geworden. An dem Schränkchen gegenüber lehnten zwei prachtvolle Exemplare traditioneller balinesischer Malerei. *Barong*-Szenen, die jeweils zwei Tänzer in ihren bunten Kostümen detailfreudig und exakt darstellten. Sie waren wertvoll und nicht billig gewesen.

»Meinst du, wir können das beurteilen?« sagte Sina. »Ich kann dir gar nicht sagen, wie fremd ich mich heute morgen gefühlt habe! Da denkst du, du weißt, was richtig und was falsch ist – und auf einmal kommst du dir ganz merkwürdig dabei vor.«

»Meinst du, sie helfen dir?« fragte Hubsi.

Sie zuckte die Achseln. »Keine Ahnung«, sagte sie. »Sie wollen noch überlegen. Ich weiß nicht, ob ich sie wirklich von der Notwendigkeit überzeugt habe, mir bei der Aufklärung von Martins Tod zu helfen. Ihr Abscheu vor Heroin ist so groß. Von ihrer Trauer über Sri ganz zu schweigen. Ich habe mich nicht einmal getraut zu fragen, wo sie begraben liegt.«

»Ohne ihre Unterstützung kannst du deinen Plan vergessen«, sagte er. »Und auch mit ihrer Hilfe ist er gefährlich genug. Was machst du, wenn die Sache schiefgeht? Oder wenn du dich irrst?«

»Ich darf mich eben nicht irren«, sagte Sina. »Siehst du, wie stechend das Grün des Palmenwaldes wird? Laß uns schwimmen gehen – es wird bald wieder zu schütten anfangen!«

Zwischen den ersten dicken Tropfen liefen sie zum Pool.

»Aber was machst du, wenn die Zeit gegen dich läuft?« bohrte Hubsi weiter. »Du kannst doch nicht ewig hierbleiben!«

»Wenn du weiterfragst, nenne ich dich wieder Beau«, drohte sie und schwamm ihm davon. Nach ein paar Schmetterschlägen hatte er sie eingeholt. »Was ich jetzt brauche, ist tatkräftige Unterstützung«, keuchte sie. »Keine defätistische Unterwanderung.«

»Ich mache mir Sorgen um dich«, ließ er nicht lokker.

»Das mußt du nicht«, sagte Sina. »Außerdem bringt es nicht das geringste. Ich bin verdammt hartnäckig. Der schlimmste Dickkopf, den du dir vorstellen kannst.«

Er sah sie lange an, keine zwanzig Zentimeter entfernt. Durchdringend. Sie konnte seine Körperwärme spüren. Beunruhigend heiß. Selbst im Wasser.

»Keine Chance?« fragte er leise.

»Ich fürchte, nein«, sagte sie. »Aber man soll die Hoffnung niemals aufgeben.«

Rauschender Tropenregen hielt sie im letzten Augenblick vom Besuch des *Legong*-Tanzes ab. Sina und Hubsi rätselten, ob das bestellte Taxi unterwegs in den angeschwollenen Kanälen ersoffen war, oder ob die Hoteldirektion es vorgezogen hatte, den Auftrag schon im Vorfeld zu canceln, um die wenigen Gäste nicht zu verlieren.

Sie dinierten im Speisesaal, in dem außer ihrem Tisch nur noch drei weitere besetzt waren. Gedämpfte Meeresfrüchte, Safranreis, leichter Weißwein, eine himmlische Vanillecreme. Espresso.

Ab und zu fiel der Strom aus, dann erstrahlten die Kerzen zwischen ihnen um so heller.

»Keine Deutschen weit und breit zum Glück«, sagte Sina halblaut. »Ich weiß nicht, warum, aber es gibt mir immer ein Gefühl unbedingter Freiheit, im Ausland unter Ausländern zu sein.«

»Was ist mit Österreichern?« fragte er. »Fallen die auch unter dieses Verdikt?«

»Im Prinzip ja«, sagte sie nachdenklich. »Obwohl eigentlich... Ich müßte mal darüber nachdenken.«

»Damit vielleicht?« Das silberne Tarotetui war aus ihrer Tasche gerutscht. Hubsi ließ es neugierig aufschnappen. »Schicksalskarten! Ich bin erstaunt – die toughe Frau Doktor und solcher Aberglauben! Wie paßt denn das zusammen?«

»Schade«, sagte Sina, ließ den Deckel fallen und schob das Etui in die Tasche zurück. »Eben hast du dir neue Minuspunkte eingefangen. Es gibt Sachen, die ich ungern durch den Kakao ziehen lasse.« Sie tippte auf das Leder. »Das da drin gehört dazu.«

»Haben wir hier vielleicht die mystische Unterfütterung deiner Unnahbarkeit?«

»Achtung!« sagte sie und machte schmale Mandelaugen. »Ich muß dich warnen. Du machst es mit jedem Satz schlimmer.«

»Vielleicht ist mir genau danach«, sagte er.

Und dann brach exakt zum siebten Mal die Stromversorgung zusammen.

13

Nach den Holzschnitzern in Peliatan kamen sie nun zu den Steinmetzen in Batubulan. Made hatte für eine frühe Abreise aus Ubud plädiert, um Sina Teufel und Hubsi Bär pünktlich zum *Barong*-Tanz zu bringen, der jeden Morgen um halb zehn in diesem Ort aufgeführt wird. Angesichts des riesigen Parkplatzes, der sich nach und nach mit großen Reisebussen füllte, hätte Sina am liebsten kehrtgemacht und sich die gemeißelten Skulpturen angeschaut, die überall längs der Straße auf Käufer warteten.

Mit sanfter Gewalt zwang Hubsi sie zum Durchhalten. »Wenn es zu schrecklich wird, können wir immer noch gehen«, versprach er.

Wenige Minuten später waren sie bereits von dem farbenprächtigen Schauspiel gefesselt. Das in abenteuerlichem Englisch verfaßte Programmheft ließ die meisten Fragen offen. Aber man verstand, daß es um den Kampf der bösen Hexe Rangda gegen das Fabelwesen Barong ging, die Verkörperung des positiven Prinzips. Die seltsame Kreatur, halb Hund, halb Löwe, wurde von zwei Tänzern gespielt, die seine wilden Verrenkungen synchron zu verrichten hatten.

Im buchstäblich letzten Moment gelang dem Guten der Sieg über das Böse. So enden alle balinesischen Märchen. Das Gleichgewicht von Weiß und Schwarz, von Tag und Nacht, muß wiederhergestellt sein.

Rangda zog sich in einem wilden Wirbel von Beinen und Armen geschlagen zurück. Am Schluß der Vorführung wirkte es, als seien die meisten der Tänzer, die auf der steinernen Bühne ihre Krisdolche schwangen, noch immer in Trance. Erst als sich seitlich ein Priester näherte und sie mit heiligem Wasser besprengte, löste sich der Zauber.

Japaner, Franzosen, Amerikaner und Italiener applaudierten lautstark. Besonders negativ in Szene setzte sich eine deutsche Reisegruppe, die jede einzelne ihrer strammschenkeligen Damen Arm in Arm mit dem zartgliedrigen Chef des Gamelan-Orchesters ablichten wollte.

»Ach, ihr seid auch da?« säuselte die Dienerin, die mit ihrem Herrn und Gebieter ebenfalls die Vorführung besucht hatte. »Toll, oder? Was sagt ihr? Sollen wir zusammen zurückfahren?«

Sina und Hubsi murmelten Unverständliches und machten, daß sie zu Made auf den Parkplatz zurückkamen.

»Sie noch wollen Silber kaufen?« fragte der Taxifahrer hoffnungsvoll, als sie anschließend den Nachbarort Celuk passierten. »Oder Gold vielleicht?«

»Nein«, erwiderte Sina bestimmt, selbst auf die Gefahr hin, ihn zu enttäuschen. Sie konnte sich vorstellen, warum er mit ausgestrecktem Arm die Seriösität des einen oder anderen Ladens unterstrich, die links und rechts der Straße lagen. Wahrscheinlich winkte ein Bonus für jeden Touristen, den er anschleppte. »Heute nicht. Vielleicht später einmal. Jetzt will ich erst einmal ins Hotel zurück.«

»Sie lieben meine Heimat?« fragte er nach einer Weile. »Sie Ihnen hat gefallen?«

Sina dachte an den Dunst auf den Reisfeldern und die bunte Kolonne junger Mädchen, die in den ersten Morgenstunden zwischen den Palmen zum Wasserholen an den Fluß geeilt war. Es war ihr schwergefallen, das sanft gewellte Hügelland um Ubud mit seinem rauschenden Regen wieder zu verlassen.

»Ja«, sagte sie. »Und ich danke Ihnen und Ihren Leuten für das, was sie für mich tun wollen.«

»Ist noch nicht entschieden«, sagte er finster. »Viele Probleme. Große Gefahren. Wir wollen nicht zuviel versprechen.«

»In Ordnung», beruhigte ihn Sina. »Und ich schätze Sie dafür um so mehr. Ich weiß, daß ich viel von Ihnen verlange. Sehr viel sogar.«

Made antwortete mit einem vielsagenden Brummen. »Antiquitäten«, sagte er schließlich nach einer Weile leicht belegt und machte eine vage Handbewegung nach draußen. Ohne Unterbrechung reihte sich Laden an Laden. Es konnte nicht mehr weit bis Kuta sein. »Die besten der Insel. Nur wenn Sie wollen.«

»Ich weiß nicht recht«, wollte Sina gerade abwehren, da war Hubsi vor Begeisterung schon beinahe aus dem fahrenden Auto gesprungen. »Sieh mal, dort drüben!«

Er lief auf die kniehohe Holzfigur einer Tänzerin zu, die an der abgeblätterten Außenwand des nächsten Geschäfts lehnte. »Genau das, wonach ich immer schon gesucht habe!« strahlte er. »Die wird das Schmuckstück meiner Diele!«

Hubsi war im Laden verschwunden, um noch etwas zu stöbern. Sina schaute sich zunächst ziemlich gelangweilt um, bis ihr Blick auf zwei sehr ungewöhnlich gearbeitete, buntbemalte Holzlöwen fiel. Sie hatten lustige Gesichter und kräftige rote Zungen. Augenblicklich konnte sie sich vorstellen, welche Freude ihr Anblick in einen düsteren Münchner Dezembertag bringen würde. Taifun wäre vermutlich entzückt über seine großen hölzernen Artgenossen.

Dazu ist keine Zeit, verbat sie sich den ersten freudigen Impuls. Du hast jetzt andere Dinge zu regeln. Aber sie mußte doch immer wieder zu dem prächtigen Pärchen hinüberlinsen.

Schließlich verzichtete sie schweren Herzens. Hubsi dagegen trug seine Tänzerin wie eine Trophäe davon.

»Eine hölzerne Frau«, sagte er vielsagend. »Schön und anmutig. Wenn es mit denen aus Fleisch und Blut schon nichts werden will.«

»Eben«, erwiderte Sina. »Da weißt du wenigstens, was du hast.«

Er ging ihr ungeheuer auf die Nerven. Sie hätte gar nicht genau sagen können, weshalb. Wahrscheinlich war es seine ganze Art. Hubsi Bär hatte sich der Entschlüsselung des Tagebuchs mit einem Eifer angenommen, als gelte es, ein Staatsgeheimnis zu knakken. In ihre Dankbarkeit mischten sich zwiespältige Gefühle. Hinter seiner Hilfsbereitschaft witterte sie Einmischung und potentielle Übergriffe. Und dann diese versteckten Blicke! Geradezu kontrolliert kam sie sich vor und hatte mehr und mehr Lust, ihn mit gezielten Attacken aus der Reserve zu locken.

Sie war froh, daß sein quengelnder Freund ihn am späten Nachmittag mit Beschlag belegte. So konnte sie kurz vor Sonnenuntergang allein mit Kiko losziehen, um das Heroin am Strand zu verbuddeln. Es dauerte lange, bis sie eine geeignete Stelle fanden, nahe eines kleinen, bizarr geformten Felsens, den sie leicht wiedererkennen konnten. Die letzten T-Shirt-Verkäufer waren verschwunden, nur ein einsamer Jogger hechelte ihnen mit knallroter Tropenbirne entgegen.

»Und was jetzt?« fragte Sina, als sie nebeneinander im weichen Sand saßen und die Wellen ihre nackten Füße leckten. Vor ihnen glühte der ganze Horizont orangerot. »Was hat dein Freund aus Kyoto zu dem Stoff gemeint?«

»Er war äußerst angetan«, berichtete Kiko. »Wäre es nach ihm gegangen, so hätten wir uns die Mühe hier sparen können.«

»Wann kommt nun der nächste Schub?« vergewisserte sich Sina. »Gab es Probleme bei der Bestellung?«

»Nicht die geringsten«, antwortete die Japanerin. »Um Mitternacht wird geliefert. In der... Geisterstunde, so sagt man doch? Ganz geheimnisvoll.«

»Warum machst du das alles eigentlich?« sagte Sina. »Wieso setzt du dich so ein? Das Vorhaben ist nicht ungefährlich. Ich habe ein hundsmiserabel schlechtes Gewissen, dich so tief mit hineinzuziehen. Du kennst mich doch kaum. Und Martin schon gar nicht.«

Sie schluckte mehrmals und beobachtete Kiko von der Seite. »Ich muß dir übrigens noch etwas sagen. Es sieht aus, als hätte Martin ziemlichen Mist hier gebaut. Das hat jedenfalls die Familie des Mädchens behauptet.«

Aufmerksam hörte Kiko ihrem Bericht aus Peliatan zu. »Klingt fast, als ob sie recht hätten«, bekräftigte sie. »Ändert das unseren Plan?«

Sina musterte sie überrascht. »Nein«, sagte sie dann. »Ich dachte nur, daß du dann vielleicht nicht mehr...« Sie brach ab. Was nützte es schon, einen fragwürdigen moralischen Standpunkt zu bemühen? Sie würde trotz allem weiterforschen. Das glaubte sie, Martin schuldig zu sein.

»Du kannst dir nicht vorstellen, wie öde mein Job manchmal sein kann«, sagte Kiko leise. »Wenn man lange im Ausland gelebt hat, ist es sehr schwierig, sich wieder in Japan zurechtzufinden. Für eine Frau, die jahrelang den freien westlichen Lebensstil kennengelernt hat, erst recht. Alles ist so... so festgelegt bei uns. Viele Regeln, die man nicht verletzen darf. Überall traditionelle Vorstellungen. So viele Erwartungen, wie die Dinge zu sein haben.« Sie berührte leicht Sinas Hand. »Wie dieses Abenteuer ausgeht, wissen wir beide nicht, oder?«

»Nein«, sagte Sina. »Wirklich nicht.«

»Eben.« Sie sprang auf und klopfte sich den Sand

vom Hintern. »Gerade deshalb macht es mir soviel Spaß.« Sie grinste. »Wie soll der Transportweg unserer Japanese-Connection eigentlich funktionieren? Vielleicht fragen sie mich ja schon heute danach.«

»Gib dich geheimnisvoll«, sagte Sina. »Mach ihnen lange Zähne, du weißt schon. Aber auch kein Problem, wenn es zur Sprache kommt. Alles bereits gründlich durchdacht. Ich sage nur: Kampfhähne.«

»Kampfhähne?« wiederholte Kiko verständnislos. »Was soll denn das nun wieder heißen?«

»Denk doch mal an ihre Körbe«, lächelte Sina. »Was fällt dir dazu ein? Oder anders gefragt: Wer würde da gern näher nachsehen wollen?«

Kiko brach in ihr ansteckendes Lachen aus. »Na klar«, prustete sie. »Kampfhähne. Was sonst?«

Hanne erwischte sie, bevor sie als Kikos heimlicher Geleitschutz nach Kuta aufbrechen wollte. Sie hatte per Fax, Brief und Telefon Himmel und Hölle in Bewegung gesetzt, wie sie versicherte, Sabine Stegmann aber noch nicht ausfindig machen können.

Wie es aussah, hatte Martins Schwester Genf vor mehr als zwei Jahren verlassen. Ihre Spur führte nach Italien, aber dort war Hanne noch nicht entscheidend weitergekommen. Immerhin schien sich Sinas Vermutung zu bestätigen. Sabine war der Rest der Familie. Die Eltern waren bereits tot; kurz hintereinander gestorben. Andere Geschwister gab es nicht, nicht einmal Vettern oder Cousinen. Die Schwester schien die einzige Erbin zu sein.

»Es sei denn, es taucht plötzlich ein anderslautendes Testament auf«, sagte Sina und mußte wieder an das unentzifferbare Tagebuch denken. Vielleicht in

Althebräisch abgefaßt. Oder in niederindischen Hieroglyphen mit dem Munde gemalt. Bis dahin bleib bitte am Ball! Rufst du morgen wieder an?«

Hanne versprach es. »Wo hast du die beiden letzten Tage eigentlich gesteckt?« fragte sie neugierig.

»Im Landesinneren«, erwiderte Sina. »Bißchen Kunst tanken. Und viel Regen.«

»Allein?« Hannes Stimme verriet Mißtrauen.

»Sozusagen«, sagte Sina und legte auf.

Es sollten fünfzig Gramm sein, aber es waren siebenundvierzig. Und auch die nur, wenn man ausgesprochen großzügig wog.

»Boß zweiter Klasse«, wie Kiko ihren neuen Kontaktmann nannte, hatte den Wiegevorgang blitzschnell und professionell vor ihren Augen mit Hilfe einer Federwaage vollzogen. Wie professionell, das wußte sie erst im nachhinein.

Nach dem Heimkommen hatte sie die junge schläfrige Rezeptionistin mit einer langatmigen Story becirct, ihr für eine halbe Stunde die Briefwaage auszuleihen. Mit deren Hilfe stellten sie nun die Differenz fest.

»Jetzt weiß ich auch, warum er die ganze Zeit so nervös war! Er hat gequalmt wie ein Schlot und war nicht in der Lage, einen Augenblick stillzuhalten. Wahrscheinlich konnte er es kaum erwarten, mich so schnell wie möglich wieder loszuwerden.« Ihr Nasenrücken kräuselte sich, wie immer, wenn sie ärgerlich war.

»Immer mit der Ruhe!« beschwichtigte sie Sina. »Ich kann mir nicht vorstellen, daß die Anordnung dazu von ›oben‹ kam. Ich glaube eher, daß dein kleiner

Cheater ein Privatgeschäft durchziehen wollte. Wieviel hast du bezahlt?«

»Zweitausend Dollar«, antwortete Kiko. »Achtunddreißig pro Gramm. Da bleiben von den viertausend nicht mehr viel übrig. Martins Vorrat geht allmählich zur Neige. Und wir brauchen noch einiges für den großen Coup.«

»Eins nach dem andern!« sagte Sina. »Laß uns noch einen Augenblick bei dem hoffnungsvollen Jung-Betrüger bleiben. Das wären dann einhundertvierundvierzig Dollar für ihn. Gar nicht schlecht, wenn man es in Relation zu den hier üblichen Stundenlöhnen setzt, was meinst du?« Sina war aufgesprungen und ging rauchend im Zimmer hin und her. »Wie hat er auf die Frage nach größeren Mengen reagiert.«

»Bestens«, sagte Kiko. »Er ist stark an dem Geschäft interessiert. Kein Wunder – bei der Menge, die ich diesmal abgenommen habe. Meine Vertrauenswürdigkeit steigt proportional zu meinen Einkäufen.«

»Und die Typen im Hintergrund?«

»Wieder zur Stelle. Auch Boß zweiter Kategorie darf nur vorne agieren, wobei sie ihm nicht übermäßig zu trauen scheinen. Nicht zu Unrecht – wie wir wissen. Ich habe ihm gesagt, daß ich nur mit dem Oberboß verhandeln werde. Über eine Sache, die sich richtig lohnen würde. *Big deal.* Tokio–Nagasaki–Kyoto und so weiter. Sehr ausbaufähig. Genug jedenfalls, um ihn in nervöse Schwingungen zu versetzen. Meine Andeutungen haben ihn noch hektischer werden lassen als das Abwiegen zuvor.«

»Wie seid ihr verblieben? Wann erfährst du Neues?«

»Ich soll ihn morgen abend wieder treffen«, sagte Kiko. »Um zu hören, wie es weitergeht.«

»Ausgezeichnet«, sagte Sina. »Es geht nämlich sehr schnell weiter, wollen wir wetten? Denn du wirst ihm eine Szene hinlegen, die sich gewaschen hat. Und die dich blitzartig vor den Boß katapultiert. Ich glaube nicht, daß dein Gesprächspartner etwas in der Art schon mal erlebt hat.«

»Und wie stellst du dir das vor?«

»Ganz einfach: indem du ihm klarmachst, daß es nur eine Frage der Zeit ist, bis du an den Mann kommst, der zu entscheiden hat. Ob der dann erfreut sein wird, zu erfahren, was für miese kleine Tricks seine Leute anstellen, bleibt fraglich.« Sie blieb vor Kiko stehen. »Du machst ihm die Hölle heiß, verstehst du? Jagst ihm richtig Angst ein. Und dann läßt du raushängen, daß du die Sache mit den drei fehlenden Gramm auf der Stelle vergißt, wenn er spurt. Und er *wird* spuren!«

»Meinst du, wir schaffen es?« fragte Kiko nach einer ganzen Weile.

»Wir müssen«, erwiderte Sina nachdrücklich. »Falls unser schöner Plan mißlingt, wird es sehr brenzlig für uns. In jedem Fall solltest du dein Ticket griffbereit haben.«

»Das klingt beinahe nach Angst«, sagte Kiko.

»Wir müßten schon Idiotinnen sein, um keine Angst zu haben«, kam Sinas Antwort. »Und ich bin mir ziemlich sicher, das sind wir nicht.«

14

Die Stimme erinnerte Sina sofort an Martin. Tonfall, Timbre, Betonungen, alles ganz ähnlich, sogar die Angewohnheit, jedes zweite Satzende halb fragend in der Luft hängen zu lassen. Hanne hatte gute Arbeit geleistet. Sabine Stegmann, geschiedene Burletti, lebte in einem Dorf an der Grenze zu Umbrien und hatte ihren Bruder beinahe sechs Jahre nicht gesehen. Trotzdem saß der Schock über seinen Tod tief.

»Wir sind beide nicht gerade das, was man Familienmenschen nennt«, sagte sie mit ihrer sympathischen, erstaunlich tiefen Stimme. »Sind wir nie gewesen. Und dann haben wir uns bei dem Begräbnis unseres Vaters auch noch schwer in die Wolle bekommen. Kein Erbschaftsgezänk, das hätte sich nicht gelohnt. Nein, blödsinnige Auseinandersetzungen politischer Art. Wissen Sie, Martin konnte manchmal so entsetzlich engstirnig sein! Richtig böse bin ich ihm nie gewesen. Aber als erste zu Kreuze kriechen wollte ich auch nicht. Vor kurzem scheint er seine Sturheit aber bereut zu haben. Ein gemeinsamer Freund von uns, der Martin vor einigen Monaten in Singapur getroffen hat, hat mir herzliche Grüße ausrichten lassen. Ich wollte ihm andauernd schreiben – und jetzt ist er tot!«

Sina hörte, wie sie laut zu weinen begann.

»Ich bin vollkommen durcheinander«, schluchzte Sabine. »Ihre Partnerin hat mir etwas von einem Mord erzählt. Aber ich war so aufgeregt, daß ich gar nicht richtig verstanden habe. Was ist eigentlich passiert?«

»Das versuche ich seit meiner Ankunft in Denpasar

herauszubekommen«, sagte Sina und teilte ihr die wichtigsten Fakten so knapp wie möglich mit.

»Rauschgift?« fragte die Frau am anderen Ende erstaunt. »Kann ich mir bei Martin nicht vorstellen! Spielen, ja, und jede Menge Alkohol. Aber Heroin? Da müßte er sich schon sehr verändert haben! Und das Mädchen ist auch tot – es ist entsetzlich!«

»Zumal Sris Familie in Not geraten ist«, bekräftigte Sina. »Aber dazu kommen wir ein anderes Mal. Was soll nun geschehen? Für eine Überführung erscheint es mir angesichts des Klimas zu spät.«

»Martin wollte immer verbrannt werden«, weinte seine Schwester. »Seine Asche sollte in einem warmen Meer verstreut werden. Niemals habe ich etwas anderes von ihm gehört.«

»Wird nicht ganz einfach werden bei der momentanen Lage«, wandte Sina ein. »Vorerst liegt er auf einem Acker der hiesigen Gerichtsmedizin begraben. Die Menschen auf dieser Insel haben sehr spezielle Vorstellungen, was Verbrennungen betrifft. Besonders, wenn es um Leute geht, denen man Umgang mit Drogen unterstellt. Damit sind sie für alle anderen tabu – zumindest ist das die offizielle Version. Könnten Sie denn vielleicht nach Bali kommen?«

Das konnte Sabine Stegmann beim besten Willen nicht. Eine komplizierte Meniskusoperation lag gerade ein paar Tage zurück. Nur mühsam gelang es ihr, auf zwei Krücken zu humpeln.

»Ja, dann... wollen Sie mich vielleicht beauftragen? Ich kann viel besser agieren, wenn ich im Namen einer Mandantin auftrete. Verstehen Sie mich bitte nicht falsch, ich reiße mich keineswegs um Arbeit. Ich bin aus dem gegenteiligen Grund nach Bali geflogen. Aber aus Abschalten ist nun nichts geworden. Es geht mir nur um Martin«, sagte Sina heftig. »Er war ein enger Freund, auch wenn wir uns ein bißchen aus den Augen verloren haben.«

»Das würden Sie tun? Sich um all die Dinge kümmern?«

»Das tue ich schon«, erwiderte Sina beinahe grimmig. »Ich kann nur hoffen, daß Ihnen meine Art liegt.«

Sabine Stegmann hatte nichts dagegen, wie Sina die viertausend Dollar angelegt hatte und weiterhin verwenden wollte. »Ist das nicht zu gefährlich?« fragte sie nur. »Trauen Sie sich das wirklich zu?«

»Ja«, sagte Sina. »Ein Zurück wäre jetzt fatal. Wir müssen da weitermachen. Allerdings bin ich momentan nicht flüssig. Besteht die Möglichkeit, daß Sie mir mit einem mittleren Vorschuß auf die Sprünge helfen?«

Geld spielte keine Rolle. Guido Burletti, viele Jahre älter und viele Milliarden Lira schwer, hatte sein schlechtes Gewissen vergoldet. Seine Neue war fünfzehn Jahre jünger und würde sicherlich nicht die letzte Ehefrau in seinem Leben bleiben. Sabine hatte sich auf eines seiner Landgüter zurückgezogen, um zu überlegen, wie es für sie weitergehen sollte.

»Sagen Sie mir, was Sie brauchen«, bat Sabine Stegmann. »Sie bekommen es sofort.«

»Nicht übel, wenn man das so sagen kann! Ich gebe Ihnen bald genauen Bescheid. Übrigens erben Sie auch eine ganze Menge«, sagte Sina. »Ich war heute morgen in dieser Angelegenheit noch einmal in Denpasar. Das Grundstück, das auf Martins Namen läuft, ist zehntausend Quadratmeter groß. Beste Lage. Strand, genau in der richtigen Entfernung vom lärmenden Kuta. Dort, wo sich die Wellen am allerschönsten brechen. Unbebaut, so wie es ist, meiner vorsichtigen Schätzung nach gut eine Viertelmillion Mark wert. Tendenz stark steigend.«

»Was wollte er damit?« fragte Sabine. »Ein Grundstück am Meer! Ich höre zum ersten Mal, daß er an Immobilien interessiert war. Wahrscheinlich ist es nicht bezahlt. Martin hat seit langer Zeit immer nur so viel verdient, um gerade so damit durchzukommen.«

»Keineswegs«, widersprach Sina. »Alles ist bezahlt. Die letzte Rate zwei Tage vor seinem Tod. Seltsam, nicht? Irgendwie scheint er in den vergangenen Monaten an eine Menge Geld gekommen zu sein. Was wird nun weiter? Lassen Sie das Projekt sausen? Oder wollen Sie das geplante Hotel bauen? Einen Namen dafür gibt es auch schon: ›Nirvana Club‹. Er stand in seinem vorletzten Brief an mich.«

Jetzt wurde das Weinen wieder lauter. »Wir waren solche Idioten«, sagte Sabine Stegmann. »Alle beide, mein Bruder und ich! Jahrelang sieht man sich nicht – und nun soll ich seine Erbin werden! Als Hotelfrau auf Bali! Seltsame Vorstellung. Keine Ahnung, ich weiß nicht ... das kommt alles so plötzlich für mich!«

»Falls Sie doch Lust dazu bekämen«, sagte Sina sanft, »könnte ich vielleicht eine konstruktive Idee beitragen. Aber jetzt ruhen Sie sich erst einmal aus. Darf ich mich wieder bei Ihnen melden?«

»Natürlich«, sagte Martins Schwester. »Wann immer Sie wollen! Und bitte: Passen Sie auf sich auf! Wenn Ihnen etwas passiert – davon wird er auch nicht wieder lebendig.«

»Nein«, sagte Sina. »Da haben Sie recht. Aber trotzdem. Ich kann nicht anders.«

Das Lokal war übersichtlich, sauber und bis zum letzten Platz belegt. Eine gut ausgewogene Mischung aus Touristen und Einheimischen, wie Sina, Kiko und Hubsi übereinstimmend feststellten. Er war aus seinem Schmollwinkel wieder herausgekrochen und mit ihnen zum Abendessen gegangen.

The Watergarden, am Ortsausgang von Legian gelegen, bot neben einer erfreulich ambitionierten Küche und gepflegtem Service jede Woche eine zusätzliche Attraktion. Die berühmtesten Tanzgruppen der Insel gastierten auf seiner Bühne, die nur wenig Ähnlichkeit mit den windigen Pappwänden hatte, die man für ähnliche Veranstaltungen in den Hotelanlagen aufzustellen pflegte.

Hier war alles authentisch: die aufwendig gearbeiteten Kostüme der Tänzer und Tänzerinnen, die eine beeindruckende Version des altindischen Heldenepos *Mahabharata* darboten, ihre traditionellen Bewegungen und das perfekt musizierende Gamelan-Orchester. Nicht zu vergessen das mit einem steinernen Kopf geschmückte *Candi Bentar* im Hintergrund der Bühne, eine Nachbildung des Gespaltenen Tors, das bei keinem sakralen Bauwerk auf Bali fehlen darf.

Musik und Bilder wirkten noch in ihnen nach, nachdem das Ensemble sich mit anmutigen Verneigungen verabschiedet hatte.

»Angenehm ist es hier«, sagte Sina. »Viel schöner als in unserem Hotel.«

Ein Dutzend kleiner Bungalows um einen Lotosteich luden zum Bleiben ein; das nahe gelegene Restaurant sorgte für die Verpflegung. Alles wirkte neu und war offensichtlich erst vor kurzem in Betrieb genommen. Der Besitzer, ein hochgewachsener Mann Mitte Dreißig, kam später persönlich an ihren Tisch. Sein Englisch war ebenso gepflegt wie seine Manieren. Hotelschule in Singapur, später ein paar Monate Gastronomie in Hongkong. Ketut Pugig, wie er sich artig vorstellte, besaß trotz aller balinesischen Bescheidenheit durchaus etwas Weltmännisch-Gewandtes.

»So sieht also die neue Generation einheimischer Unternehmer aus, die auf ihre Weise an den Segnungen des ausländischen Geldstroms partizipiert«, kommentierte Hubsi halblaut. »Gut so. Immer noch besser, als alles ausländischen Investoren in den Rachen zu werfen.«

»Martin hatte wohl ähnliche Träume«, sagte Sina, als sie Kiko zu ihrem vereinbarten Treffpunkt brachten. Für alle Fälle würden sie auch diesmal in der Nähe warten. »Eine Nummer größer vielleicht. Und wahrscheinlich ein bißchen ausgeflippter. Aber auch eine Art Tourismus, die keine unheilbaren Wunden in das Land schlägt.«

»Und nun ist er tot«, sagte Hubsi lakonisch. »Bevor er richtig anfangen und den Einheimischen zeigen konnte, was ein deutscher Aussteiger alles drauf hat. Was hat denn seine Schwester gesagt? Wird sie kommen?«

»Geht nicht, meniskushalber«, erwiderte Sina unkonzentriert. Seitdem sie das Lokal verlassen hatten, begann eine Idee in ihrem Kopf langsam Gestalt anzunehmen. Sie würde Sabine Stegmann davon erzählen, wenn sie ein bißchen ausgereifter war.

»Was fängt sie mit dem Grundstück an?« fragte er weiter. »Baut sie? Oder will sie verkaufen? He, Sina, was ist los mit dir? Schon wieder ganz woanders?«

»Entschuldige«, murmelte sie und starrte Kiko hinterher, die dem Balinesen beschwingt in die kleine Bar gefolgt war. »Irgendwie kommt mir der Typ bekannt vor! Schatten kann ich nirgendwo entdecken. Aber das will nichts heißen. Mensch, ich würde viel darum geben, sie jetzt begleiten zu können!«

»Keine Angst«, sagte Hubsi. »Die Kleine packt das schon. Die ist mindestens so zäh wie du.«

Sie musterte ihn kritisch. »Was höre ich da für Untertöne? Sag es lieber gleich, wenn du keine Lust mehr zum Mitmachen hast.«

»Das ist es nicht«, erwiderte er. »Sina, ich will doch nur...«

»Pst!« unterbrach sie ihn. »Schau! So ein Mist! Sie gehen zum Auto – wir müssen hinterher! Diesmal ist mir die Sache zu heiß!«

Aber Kiko stieg nicht ein. Sie blieb an der Wagentüre stehen und wechselte ein paar Sätze mit ihrem Gesprächspartner. Der schlanke Balinese, der trotz schmeichelnder Nachtluft eine überdimensionale Lederjacke trug, wedelte eifrig vor ihrem Gesicht herum und nickte einige Male. Dann setzte er sich ins Auto und fuhr quietschend davon.

»Das ist er!« Sina war sich ganz sicher. »Der Typ, der mit dem Ami vor Martins Haus rumgelungert ist! Derselbe, der bei Sris Familie weggefahren ist, gerade als ich dort mit Made ankam.«

»Hast du dir den Kerl genau angesehen?« wollte Hubsi wissen.

»Da gibt es keinen Zweifel«, erwiderte sie. »Das

schmale Handtuch mit dem Narben-Face würde ich überall wiedererkennen. Ob der andere auch mit drinsteckt? Bitte fahr ihr ganz langsam hinterher! Dort drüben, hinter der Kreuzung können wir sie unauffällig einladen.«

»Puh!« Mit einem Stoßseufzer ließ Kiko sich auf die Rückbank fallen.

»Und? Wie war es?« fragte Sina.

»Schwerstarbeit!« stöhnte die andere. »Eine Mischung aus Schmiere und Tragödie. Mit einem Schuß Grusel. Ein komischer Kerl, das kann ich dir sagen. Perfektes Englisch und kalte, böse Augen. Als ich mit meinen Drohungen anfing, hat er mich angeschaut, als wolle er mich auf der Stelle erwürgen. Dann gewann seine Angst die Oberhand, und er hat schließlich gespurt. Der Chef scheint ein echtes Ekelpaket zu sein. Schiß vor ihm haben sie alle.«

»Dein schlauer Betrüger ist ein alter Bekannter.« Sina erzählte ihr von den anderen Begegnungen mit ihm. »Sieht nicht gerade nach Zufall aus, was meinst du?«

»Keineswegs«, bekräftigte Kiko. »Wir werden das herausfinden.«

»Für wann ist dein Rendezvous mit dem Capo angesetzt?«

»Morgen schon, wie es aussieht«, sagte Kiko. »Gegen zehn soll ich wieder hierherkommen.« Sie zog die Achseln hoch. »Ich habe keine Ahnung, ob er so etwas überhaupt vereinbaren darf. Aber informieren wird er seinen Boß bestimmt, so erschrocken, wie der war!«

»Jetzt wird es also ernst«, murmelte Sina. »Jetzt darf uns nur die Familie nicht im Stich lassen. Und was ist mit dir?« wandte sie sich demonstrativ an Hubsi. »Wo stehst du?«

»Blöde Frage«, schnauzte der zurück. »Oder kennst du einen anderen Bekloppten, der Lust hat, sich mit deinem Geheimkram den Urlaub zu verderben?«

»Im Augenblick leider nicht.«

Als er sie ärgerlich musterte, wurde ihr Lächeln schmelzend. »Damen und Herren – bitte alles anschnallen! Aussteigen vorbei – die Türen schließen! Es geht in die vorletzte Runde.«

Vor dem nächtlich dunklen *Ocean View* erwartete sie bereits Made Kasih. Ein strafender Blick auf ihren Leihwagen, dann zog er Sina aufgeregt zur Seite.

»Ich muß Sie sprechen allein«, sagte er ernst. »Wichtige Angelegenheit. Familie macht morgen große Prozession nach Pura Besakih. Um zu beten für Hilfe und Beistand. Wenn Götter antworten freundlich, ist gut für Ihre Pläne. Sie haben Zeit?«

»Ja«, sagte Sina nach kurzem Überlegen. »Wenn es wichtig ist, natürlich. Ich darf allerdings nicht zu spät zurück sein. Nicht nach acht Uhr abends. Ist das zu schaffen?«

»Wir fahren noch vor Sonnenaufgang«, sagte er. »Keine Angst, Weg ist nicht so weit. Nachmittag wir sind in Hotel zurück.«

»Wann wollen wir aufbrechen?« fragte Sina. »Ganz früh?«

»Gegen sechs«, schlug er vor.

»Gut«, sagte sie. »Einverstanden! Ich bin zu allem bereit.«

15

Sie fuhr allein mit Made Kasih, und seltsamerweise hatte sie kein gutes Gefühl dabei. Kiko wollte lieber im Hotelgarten bleiben, um am Pool Kraft für ihre bevorstehende nächtliche Begegnung zu tanken; Hubsi knobelte weiterhin an der Entschlüsselung von Martins Tagebuch.

Sinas vorsichtige Aufforderung, sie zu begleiten, hatte er abgelehnt.

»*Ciö nöj hö cionj*«, sagte er und deutete auf den Satz, mit dem Martins Eintragungen begannen. »*Mnf nse ikö cho Ösefhnchg.* Klingt wie eine Abart des Chinesischen – zum Verrücktwerden! Was war dein Freund für ein seltsamer Typ! Zahlen sind es nicht, auch keine Silben, das steht fest. Es müssen vertauschte Buchstaben sein, aber welche? Wenn es jetzt nicht bald funkt, wissen wir in einem Monat noch immer nicht mehr. Und so lange wirst du wahrscheinlich nicht hierbleiben wollen, oder?«

»Hierbleiben *können*«, war ihre Antwort. »Für mich verdient kein Signore Burletti in Rom oder sonstwo die Brötchen.«

Der nächtliche Regen hatte weder Abkühlung noch frischere Luft gebracht. Sie fuhren durch schwüle Nebelfelder, die immer dichter wurden, je weiter sie sich von der Küste entfernten. Erst bei Rendang rissen die Schwaden langsam auf. Jetzt führte der Weg steil bergauf. Zwischen kunstvoll angelegten Reisterrassen lagen kleine Ortschaften und tiefe Schluchten, die durch schnell ziehende Wolkenfelder etwas Magisches bekamen.

Der höchste Berg Balis, der Gunung Agung, versteckte seinen Gipfel hinter dicken Wolken.

»Sitz der Ahnengeister«, kommentierte Made, der sie beobachtet hatte. »Und Wohnung von Gott Shiva. Ist Teil von heiligem Weltenberg Meru in India, der einmal nach Bali gebracht wurde.«

Der Parkplatz, auf dem sie anhielten, um die restlichen anderthalb Kilometer zum Tempel zu Fuß zu gehen, war leer bis auf einen schäbigen Lieferwagen.

»Wo bleibt Ihre Familie?« Sina sah sich suchend um.

»Bus wird bald eintreffen, sie später wieder abzuholen und nach Hause zu bringen«, sagte er und wickelte ein kleines Paket aus. »Sie gehen längeren Weg zu Fuß, um ihre Seelen zu reinigen, bevor sie heiligen Muttertempel betreten.«

Er reichte ihr einen verschossenen roten Sarong und eine gelbe Schärpe. »Bitte, Sie legen um«, bat er nach einem Blick auf ihre engen Hosen. »Zeigt Ehrfurcht vor den Göttern. Soll ich helfen vielleicht?«

Geschickt schlang er ihr das große Tuch um die Hüften und befestigte es mit der Schärpe in ihrer Taille. Dann trat er einen Schritt zurück und begutachtete sein Werk. »Schön wie eine Frau aus *Pulau Dewata*«, sagte er zufrieden. »Wissen Sie, daß Name von Bali bedeutet ›Insel der Götter‹ in Ihrer Sprache?« Sein Blick wurde kritischer. »Aber Sie haben keine hellen Haare und blaue Augen wie viele andere Deutsche.«

»Da haben Sie recht«, sagte Sina. »Meine Wurzeln liegen anderswo. Kein Wunder, daß mir der Ferne Osten so gut gefällt.«

»Lassen Sie uns warten am Ende von Pilgerpfad«,

schlug Made vor und setzte eine weiße Opfermütze auf. »Von dort Sie haben guten Blick über Welt der Götter und Welt der Menschen.«

Sie erreichten den Eingang zum Heiligtum, wo ein noch ziemlich verschlafener Priester Sina demonstrativ das Donationsbuch entgegenstreckte.

»Tausend Rupien sind genug«, zischte Made halblaut. »Ist Geschenk für Götter. Götter sind nicht hungrig, Priester immer.«

Schon nach wenigen Schritten begann Sina zu schwitzen. Der Weg ging keineswegs so sanft nach oben, wie es von unten ausgesehen hatte. Der schwere Stoff klebte an ihren Beinen, und sie hätte das störende Tuch am liebsten abgelegt, wären ihr nicht Bedenken gekommen, Made damit zu kränken.

Links und rechts von ihrem Weg begannen die Inhaber der kleinen Shops und Warungs vor ihren Bretterbuden zu fegen und ihre Waren aufzubauen. Kitschige Schnitzereien, billig gemachte Opferschirme, scheußliche Stoffe – einzig die frischen Kokosnüsse verlockten Sina. Sie erstand eine, ließ sich mit dem Messer ein Loch in die harte Schale bohren und genoß die kühle, helle Flüssigkeit, die ihren Durst sofort löschte.

Erfrischt fielen die letzten Meter leichter. Vor ihr erhoben sich die imposanten Tore aus dunklem Stein und zahlreiche hochaufragende Merus mit schwarzgedeckten Dächern. Vor der steil ansteigenden Treppe, die die acht steinernen Terrassen in der Mitte durchschnitt, blieben sie stehen.

»Sie sehen«, sagte Made nach einer kleinen Weile und wies nach unten. »Prozession der Familie kommt näher.«

Es mußten beinahe dreißig Personen sein, die in ihren Festtagskleidern langsam hinter einem Priester nach oben stiegen. Die meisten der Frauen und Mädchen trugen aufwendig arrangierte Opfergaben aus Speisen, Früchten und Blüten auf dem Kopf; die Männer hatten alle weiße Opfermützen auf. Immer wieder hielten sie inne, bis die Großmutter, die den Kern des Zuges bildete, neuen Atem geschöpft hatte, um weiterzugehen.

»Sie können uns begleiten bis zum *Gespaltenen Tor*«, sagte Made zu Sina, als die Gruppe nur noch wenige Schritte von ihnen entfernt war. »Dann ist Eintritt nur für Hindus erlaubt.«

»Ich warte lieber hier«, antwortete sie. »Ich will Sie und Ihre Familie bei ihrer Andacht nicht stören. Holen Sie mich wieder hier ab, wenn alles vorbei ist.«

Sie verneigte sich leicht vor der Großmutter und legte dabei ihre gefalteten Hände an die Stirn. Auf dem alten Gesicht erschien ein unmerkliches Lächeln. Dann zog die Familienprozession weiter nach oben.

Es wäre ein leichtes für Sina gewesen, links vom Weg aus Blicke auf die drei hohen Steinthrone zu werfen, vor denen der Priester die Segnung mit dem heiligen Wasser erteilen würde, aber sie ließ es respektvoll bleiben.

Erst genoß sie die majestätische Gesamtkulisse, dann griff sie zu ihrer Tasche, um die passende Lektüre herauszuholen.

Sie mußte sich im halbdunklen Hotelzimmer geirrt haben. In ihrer Hand hielt sie nicht wie erwartet den schmalen Kunstführer *Bali*, sondern das ramponierte *Siddhartha*-Bändchen, das sie in Martins Haus gefunden hatte. Sina schlug es von hinten auf und las sich an ein paar Sätzen fest.

»Er sah seines Freundes Siddhartha Gesicht nicht mehr, er sah statt dessen andre Gesichter, viele, eine lange Reihe, einen strömenden Fluß von Gesichtern, von Hunderten, von Tausenden, welche alle kamen und vergingen, und doch alle zugleich dazusein schienen, welche alle sich beständig veränderten und erneuerten, und welche doch alle Siddhartha waren...«

Sina ließ das Buch wieder sinken.

Hesse war noch immer nicht ihr Fall, aber seine Worte hatten den Schmerz in ihr erneut aufgerissen. Die vergangenen Tage mit ihrer hektischen, fiebrigen Betriebsamkeit und Pläneschmiederei fielen von ihr ab, und sie mußte wieder an den toten Freund denken, dessen Lieblingslektüre ihr sich so wenig offenbaren wollte. Das war eine schwärmerische, eine romantische Seite an Martin gewesen, die sie kaum gekannt hatte. Was wußte sie tatsächlich von ihm?

Je mehr sie sich anstrengte, ihn zu begreifen, desto fremder erschien er ihr. Was hatte Martin in den letzten Monaten gemacht? Woran hatte er geglaubt? Wovon geträumt? Was waren seine ursächlichen Motive gewesen?

Ihr ganzes Unterfangen kam ihr auf einmal unvernünftig und anmaßend vor. Spielte sie sich nicht als Rächerin ihres Freundes auf? Als Richterin, die bestimmte, was gut war und was böse? Oder war sie nur eine Voyeurin, die sich anschickte, ein Geschehen vom Rand aus zu manipulieren, von den Regeln aber keine Ahnung hatte?

Solche Versuche konnten böse ins Auge gehen. Es ging schließlich nicht nur um sie und ihre Gefühle. Wenn etwas schieflief, falls Kiko etwas zustoßen sollte, lag die ganze Verantwortung bei ihr.

Sie atmete tief durch und blätterte zum Anfang zurück. Martin schien das Buch penibel durchgearbeitet zu haben. Der erste Absatz war nicht nur umrandet, sondern auch Wort für Wort dick unterstrichen.

Sina schaute aufmerksamer hin.

»Im Schatten des Hauses, in der Sonne des Flußufers bei den Booten ...«

Täuschte sie sich, oder war da tatsächlich ein winziges A über das I gekritzelt?

Sie hielt die Zeilen dicht an ihre Augen.

Und ein zweites A über das zweite I?

Vor Aufregung wurde ihr heiß, und ihre Selbstzweifel verflogen. Die richtige Spur – endlich!

Es war natürlich nur eine Möglichkeit, wie sie sich sofort korrigierte, aber immerhin die einzig plausible, die ihnen bislang eingefallen war. Und Hubsi saß in Kuta über Martins Tagebuch und jonglierte mit Buchstabentheorien!

Sina stopfte das Buch wieder in die Tasche zurück. Die Zeremonie dauerte noch immer an. Sie konnte das leise Singen des Priesters und die gemurmelten Antworten der Familienmitglieder hören.

Sina Teufel traute der freudigen Erregung nicht, die in ihr hochsteigen wollte. Konnte die Lösung denn so einfach sein, nachdem sie seit Tagen vergeblich nach ihr gesucht hatten?

Und niemand in der Nähe, mit dem sie hätte reden können!

Einem plötzlichen Impuls folgend, zog sie ihr Tarotdeck heraus. Der heilige Ort schien ihr nicht unpassend zur Schicksalsbefragung. Sie mischte sorgfältig und legte die achtundsiebzig Karten fächerförmig auf der abgetretenen Steintreppe aus. Dann konzentrierte sie sich auf ihre Frage und zog eine Karte.

Es war der Narr.

Die Figur, die als Held alle Abenteuer durchläuft, bevor sie bemerkt, daß das Kraut des Lebens, nach dem sie gesucht hat, genau zu ihren Füßen wächst.

Sie war froh, daß Hubsi Bär nicht neben ihr stand und unpassende Kommentare abgab. Sie packte die Karten zusammen und erhob sich, gerade im richtigen Moment, als von oben die Familie den Zentralhof durch das *Gespaltene Tor* wieder verließ.

Sina wartete, bis die Großmutter unter einem gelben Opferschirm näher gekommen war. Schweigend ging die alte Frau an ihr vorüber und schien noch immer tief in religiöser Andacht versunken zu sein. Die anderen folgten ihr.

Made bildete das Schlußlicht. Auch er war die ersten Meter neben ihr in sich gekehrt und schweigsam.

»Sie sehen unten das Meer?« fragte er auf einmal. Ziemlich zusammenhanglos, wie Sina fand.

Sie nickte. Zwischen den Nebelfetzen konnte sie winzige Stückchen Blau erkennen.

»Ist für Bali Reich der Toten«, fuhr er fort. »Auf Berg dagegen wohnen die Götter. Von dort kommt Wasser, Segen und Fruchtbarkeit für die ganze Insel.«

Sina sah ihn aufmerksam an.

»Ist wichtig für Menschen, Gleichgewicht zwischen Gut und Böse zu halten«, sagte er. »Weg zu wählen, der führt vom Unreinen zum Reinen.« Er warf ihr einen schnellen, prüfenden Blick zu. »Priester hat Familie gesegnet. Großes Opfer hat alle reingewaschen. Götter sind mit Menschen, die gegen Böses kämpfen.«

»Heißt das, Sie unterstützen mich?« fragte Sina gespannt. »Bedeutet das ein Ja für unseren Plan? Wirklich?«

»Sie kommen bitte in Familien-Kampong nach Peliatan«, erwiderte er förmlich. »Ist es möglich sehr bald? Morgen oder übermorgen ich Sie kann fahren, wie Sie wollen. Dort wir können alles besprechen. Sie erfahren alles, was wir wissen. Ganze Wahrheit.«

»Nur zu gern«, lächelte Sina. »Bei dem, was wir vorhaben, sollte es keine Geheimnisse zwischen uns geben.«

16

Es war früher Nachmittag, die beste Zeit, um die Schutzgelder einzutreiben. Jetzt wurden die Restaurants und Kneipen geputzt, die Stühle neu gruppiert, und in den Küchen bereitete man sich auf den abendlichen Ansturm der Touristen vor. Zeit der Fliegen, der schläfrigen Hunde und der Rupienbündel, die in Hinterräumen unauffällig ihren Besitzer wechselten.

Diese relativ bequeme Einnahmequelle hatten sie erst vor ein paar Monaten entdeckt, angeregt durch einen italienischen Kurier, der für kurze Zeit bei ihnen gearbeitet hatte. Dann war ihm das Pflaster in Kuta zu heiß geworden, und er war zurück nach Thailand gegangen.

Kinderprostitution. Damit ließ sich in Bangkok oder Pataya noch schneller Geld verdienen.

Seitdem gehörte es zu Toms und Nyomans Aufgaben, sich um das Einkassieren zu kümmern. Anfangs waren sie jeweils allein losgezogen, aber es hatte Ärger gegeben. Bald schon fand der Boß heraus, daß es die Kombination der beiden war, die sie so erfolgreich machte. Überlegte der eine oder andere Restaurantbesitzer vielleicht noch, wenn er den bulligen Kanadier oder den schmalen Balinesen auftauchen sah, so wirkten sie gemeinsam *überaus* überzeugend.

Sie übertrieben es nicht und verhielten sich so, wie der Boß es angeordnet hatte. Die linke Seite, den Ortsausgang von Kuta und den Anfang des Straßendorfes Legian überließen sie den anderen, die sich bald schon ihrem Beispiel angeschlossen hatten. Und es würden sicherlich noch mehr werden.

»Nicht zu gierig werden«, war einer seiner Lieblingssprüche. »Das ist gefährlich! Wer den Hals nicht voll kriegt, bekommt leicht etwas auf die Mütze. Es ist für alle genug da. Vorausgesetzt, man versteht, richtig zu melken.«

Tom und Nyoman gaben sich alle Mühe, aber es lief in letzter Zeit nicht mehr besonders zwischen ihnen. Es gab Spannungen, eine Menge kleiner, lästiger Unstimmigkeiten und Reibereien, die sich unversehens entzünden konnten. Jeder war überzeugt, ohne den anderen wesentlich erfolgreicher agieren zu können. Tom setzte auf Angst und Kraftmeierei, der Balinese auf die Kunst, einen dünnen Nylonfaden langsam zuzuziehen.

Der Boß hielt sich weitgehend raus aus ihrem Konflikt. Aber er schien sich darüber zu ärgern, wenn man ihm auch wenig anmerken konnte.

»Macht keinen Scheiß!« sagte er nur einmal, als sie sich vor ihm böse angeknurrt hatten. »Ich mag keine unbeherrschten Leute. Ist schlecht fürs Geschäft.«

Das war alles. Seitdem rissen sie sich in seiner Gegenwart am Riemen. An den langen, schläfrigen Nachmittagen aber, wenn sie zusammen von Kneipe zu Kneipe zogen, klappte es weniger gut.

Seit der Pleite mit dem Stoff, der aus dem Haus des Deutschen verschwunden war, hatten ihre Schwierigkeiten miteinander zugenommen. Tom führte sich auf, als sei das Heroin sein persönliches Eigentum. Natürlich hatten seine Ausbrüche zu nichts geführt. Ihre Kuriere durchkämmten Kuta – ohne Ergebnis. Jede Spur führte ins Nichts.

Wie hätte es auch anders sein können? Nyoman wußte inzwischen, wo der Stoff abgeblieben war. Sein Instinkt hatte ihn auf die einzig mögliche Fährte geführt. Keiner dieser Ausländer wäre darauf gekommen, sagte er sich stolz. Daher gebührte ihm auch die Beute ganz allein.

Er dachte nicht daran, Tom in seinen Plan einzuweihen, der sich gar nicht schlecht angelassen hatte, wie er fand. Die Provinzler aus Peliatan würden es nicht wagen, sich seinen Wünschen zu widersetzen. Nicht, wenn die Sicherheit ihrer Kinder auf dem Spiel stand.

Auch den Boß wollte er nach Möglichkeit außen vor halten. Für den hatte er, als Ausgleich sozusagen, die

Geschichte mit der kleinen Japanerin parat, die ihm Wayan zugespielt hatte. Kleiner Fisch, hatte er zuerst angenommen. Ihm wurde noch immer siedend heiß, wenn er an seine Fehleinschätzung dachte.

Sie war cleverer, als sie zunächst wirkte. Die abgezweigten Gramm brachten ihn in eine brenzlige Situation. Ob sie wirklich dichthalten würde, wenn sie den Boß traf?

Dabei hatte er heute morgen nicht einmal besonders interessiert gewirkt, als Nyoman versucht hatte, ihm die Sache schmackhaft zu machen. Erst als er sich ordentlich ins Zeug legte und die möglichen Außenstellen auflistete, von denen sie gesprochen hatte, schien er richtig zuzuhören.

»Sie will mich treffen?« fragte er und schlürfte seinen heißen Kaffee. Paola war diese Nacht bei ihm gewesen, und er fühlte sich wie ein nasses Handtuch. »Wozu? Bist du ihr nicht fein genug, oder was?«

»Ein ganz großes Ding! Sie packt nur aus, wenn du mit ihr redest. Sonst probiert sie eine andere Connection. Ich habe das Gefühl, es könnte sich lohnen für uns. Die Braut ist heiß und riecht nach Geld.«

»O. k., warum nicht?« Jerry stopfte sich dänischen Frühstücksplunder in den Mund. Es gab eine winzige Bäckerei in Kuta, die sich auf diese exotische Delikatesse spezialisiert hatte. »Und wann?«

»Geht es heute abend?« Er atmete scharf aus.

»Ausgeschlossen«, kam die lethargische Antwort. »Ich hab' auch noch ein paar andere Dinge zu tun! Sag ihr, sie soll morgen abend in die *Galerie Ikat* kommen. Kurz nach zehn. Die haben einen netten Hinterraum, wo man sich ungestört unterhalten kann.«

Diese Antwort mußte Nyoman der Japanerin heute

abend überbringen. Wenigstens war der Boß bereit, sie zu sehen. Nyoman würde diese Entscheidung entsprechend hochspielen, in der Hoffnung, sich dadurch ihr Schweigen zu sichern.

Den schwitzenden Koloß neben sich konnte er kaum noch ertragen. Anstatt sich wie ein Gentleman zu benehmen und mit Würde und Anmut zu kassieren, was ihnen zustand, hing er an der Bar rum und begann, am hellichten Tag zu saufen. Nyoman, der keinen Alkohol anrührte, beobachtete voller Abscheu, wie Toms Gesicht sich mehr und mehr rötete.

Er begutachtete seine tadellosen Hände. Wäre es nach ihm gegangen, ihre Tour durch die Lokale wäre bereits erfolgreich beendet.

»Laß uns gehen«, unternahm er schließlich einen Vorstoß. »Wir sind schon spät dran.«

Er konnte es sich nicht leisten, den ganzen Nachmittag zu vertrödeln. Viele Dinge warteten darauf, erledigt zu werden. Morgen hatte er anderes vor und und keine Zeit dazu.

Der Kanadier antwortete mit einem gurgelnden Ton der Mißbilligung. »Was ist? Laß mich in Frieden! Ich gehe erst, wenn ich meinen Scotch ausgetrunken habe.«

Sein Glas war noch halb voll. Scheinbar ergeben hievte Nyoman seinen mageren Hintern auf den benachbarten Barhocker. Seine Züge waren undurchdringlich. Nur die schweren Lider flatterten. Er hatte Lust, zu schreien oder etwas in Stücke zu schlagen. Aber er blieb ruhig wie eine Eidechse, die sich in der Sonne wärmt.

Noch nicht, versuchte er sich zu beruhigen. Aber nicht mehr lange! Alles ist bald vorbei. Wenn die

Sache morgen klappt, bin ich aus dem Schneider. Dann muß ich diesen stinkenden Mistkerl nicht länger ertragen.

Er verzog seinen schmalen Mund. »Eistee bitte«, bestellte er und registrierte zufrieden, daß der Junge hinter dem Tresen mit nervöser Schnelligkeit reagierte. »Ohne Zitrone.«

Er konnte zufrieden sein. Die sauren Zeiten gingen endlich für ihn zu Ende.

17

»Der Code basiert wahrscheinlich auf einer Buchzeile.«

Mit diesem Satz schreckte Sina Hubsi auf, der in der heißen Nachmittagssonne auf seiner Liege eingeschlafen war. Seine Bräune war geradezu perfekt; Schweißperlen schimmerten auf seinem glatten, muskulösen Bauch; nicht ein Hauch von Speckansatz.

Er sah zum Anbeißen aus.

Sie wandte die Augen ab von seinen makellosen Proportionen und konzentrierte sich auf das Wesentliche. »Ich glaube, ich habe den Schlüssel gefunden.«

Sie verzogen sich ins Innere seines Bungalows, wo der Boden bereits mit Aberdutzenden fliegender, engbeschriebener Blätter übersät war.

»Großer Gott – was du dir für eine Arbeit gemacht hast!« sagte Sina anerkennend und packte *Siddhartha* aus. »Das kann ich ja niemals wiedergutmachen!«

»Wenn du recht hast, fängt die Plackerei erst an«,

erwiderte er. »Wollen wir rausbekommen, was dein Freund verschlüsselt hat, müssen wir hart am Ball bleiben. Es sind mehr als zwanzig Seiten, die zu dechiffrieren sind.«

»Zumal es zügig vorwärts geht. Wie es aussieht, haben wir die Familie mit im Boot.« Im Eiltempo gab Sina einen kurzen Bericht über die Fahrt nach Besakih und ihre hoffnungsvollen Ergebnisse. »Wo steckt eigentlich Kiko? Hast du sie heute schon gesehen?«

»Hat sich vermutlich hingelegt. Sie wollte sich melden, wenn sie sich wieder frisch fühlt«, war seine Antwort. »Also, wo ist der Code? Her damit!«

Er wischte den Papierhaufen zur Seite und legte vier unbeschriebene Blätter zusammen, die auf dem Boden ein großes weißes Rechteck ergaben.

Sina streckte ihm das Buch entgegen. »Hier«, sagte sie. »Der Anfang. Dort, wo das Unterstrichene beginnt. Siehst du die winzigen Buchstaben? Die haben mich draufgebracht. Meinst du, es klappt?«

»Werden wir gleich sehen! Vor allem müssen wir zuerst ein neues Alphabet erstellen«, sagte er. »Nur so kommen wir weiter.«

Er schrieb den ersten, dick umrandeten Absatz in Versalien ab.

»IM SCHATTEN DES HAUSES, IN DER SONNE DES FLUSSUFERS BEI DEN BOOTEN ... A wird also I, B wird M, und C wird S.« Er sah plötzlich auf. »Bist du etwa auch ein Hesse-Fan?« wollte er wissen.

»Never!« sagte Sina. »Ist mir zu glatt und zu schön. Aber Martin war süchtig nach seinen Büchern – seit frühesten Jugendtagen. *Traktat vom Steppenwolf, Glasperlenspiel* etcetera. Hat er immer wieder gelesen. Und *Siddhartha* war sein absolutes Lieblingswerk. Komisch, daß ich nicht eher drauf gekommen bin!«

»Hättest du nicht die Unterstreichungen entdeckt, könnten wir unseren Versuch gleich in den Wind schreiben«, sagte Hubsi. »Ohne solch einen Anhaltspunkt ist es nahezu unmöglich, die Verschiebungen herauszufinden. Jedenfalls meine bescheidenen Kenntnisse wären restlos überfordert.«

»Darf ich mal versuchen?« fragte Sina.

»Aber bitte – nur zu! Wir waren bei D angelangt.«

»D wird C, E wird H, und F wird A. Mann, das ist ja gar nicht so schwierig!«

»Natürlich nicht«, sagte Hubsi. »Wie alles, wenn man weiß, wie es gemacht wird.«

»Aber was passiert, wenn du auf diese Weise weitermachst?« Sina deutete auf die zweite Zeile. »Jetzt müßte E zu K werden. Aber E bedeutet doch schon H!«

»Kein Problem«, erwiderte er. »Du läßt es einfach aus. Und falls du mit dem ersten Satz noch nicht am Ende des Alphabets angelangt bist, nimmst du eben den nächsten noch dazu. So lange, bis du durch bist und dein neues Alphabet steht. Dann kannst du quasi ›normal‹ mit deinen neuen Buchstaben schreiben.«

»Das ist es, damit bin ich aus dem Schneider.«

Ihr Alphabet stand, und sie hatten den ersten Satz decodiert.

»Und nun?« fragte Sina. Der Nachmittag begann sich zu neigen. Eine Stunde, und die frühe, schwüle Tropennacht würde beginnen.

»Weiter«, sagte er und legte seine gebräunte Stirn in Dackelfalten. »Bis wir durch sind.«

Kikos Klopfen riß sie aus ihrer Arbeit. »Ich hab' mich schon gefragt, wo ihr steckt und was ihr wohl anstellt«, sagte sie und warf Sina einen vielsagenden Blick zu. »Ich bin nach einem verfrühten Gin Tonic in eine Art Tiefschlaf gefallen und gerade erst hochgeschreckt. Ich muß mich bald auf den Weg machen. Es ist nach neun.«

»Wir kommen mit!« Sina sprang auf und rieb sich die schmerzenden Kniescheiben. »Verdammt! Meine Beine fühlen sich an, als ob sie mit Zuckerwatte gefüllt wären.«

»Ich weiß nicht, ob das so eine gute Idee ist«, gab Kiko zu bedenken. »Angenommen, Mr. X zeigt sich wirklich, dann solltest du auf jeden Fall in Deckung bleiben. Kannst mir ja Hubsi ausleihen, wenn du meinst, daß es unbedingt nötig ist. Aber ich fürchte mich nicht vor dem schwarzen Mann!« Sie zeigte beim Lachen kleine, sehr weiße Zähne.

»Ich laß dich nicht allein gehen!« beharrte Sina. »Zumindest aus sicherer Entfernung will ich sehen, was passiert.«

»Seid ihr weitergekommen?« Kiko zeigte neugierig auf die Blätter. »Sieht richtig nach Arbeit aus!«

»Das kann man wohl sagen!« strahlte Hubsi. »Unsere Freundin hatte eine geniale Eingebung. Der Code ist geknackt. Hesse, *Siddhartha.* From the very beginning. Nun müssen wir nur noch transkribieren.« Er lächelte schräg. »Wird 'ne lange Nacht heute, wie ich mal annehme.«

»Heißt das, wir erfahren bald, was in Martins Tagebuch steht?« rief Kiko. »Ist ja kaum zu fassen!«

Hubsi nickte, kaum minder euphorisch.

»Warten wir ab, bis wir es tatsächlich rausbekommen haben«, bremste Sina die Begeisterung. »Dann wissen wir, ob es uns wirklich weiterbringt. Vielleicht hat er nur belangloses Zeug aufgeschrieben.«

»Traust du das deinem toten Freund zu?« fragte Hubsi spöttisch. »Tatsächlich?«

»Keine Ahnung«, sagte Sina ernst. »Es gibt eine Menge Dinge, die ich Martin niemals zugetraut hätte. Und, wie es aussieht, ist er trotzdem in sie verwikkelt.« Sie stöhnte leise. »Ich bin froh, wenn wir die ganze Sache hinter uns haben.«

Sie griff nach der Ballonmütze auf dem kleinen Rattantisch und der Sonnenbrille daneben. »Dann mal los! Mitgegangen, mitgehangen, wie man so schön sagt. Kneifen gilt nicht. Was ist? Gehen wir?«

»So?« Kiko riß erstaunt die Augen auf. »In diesem Aufzug?«

»Du hast gesagt, niemand dürfte mich erkennen.« Sina setzte die rauchblauen Gläser auf, gab der Mütze einen Stups und knöpfte ihre schwarze Bluse zu. »Das Problem ist doch perfekt gelöst: Ich bin praktisch unsichtbar.«

»Creature of the night«, kam Hubsis Kommentar. »Äußerst eindrucksvoll.«

Sie mußten eine Schlappe einstecken. Oberboß machte sich rar und erschien nicht.

Sina und Hubsi standen sich in der Nähe der Bar *Eden* die Beine in den Bauch und betrachteten die Schaufenster der umliegenden Schmuck- und Klamottenläden so eingehend, als gelte es, die überteuerten Preise für die einzelnen Stücke auswendig zu lernen.

Der einzige, der mit erheblicher Verspätung eintrudelte, war ihr alter Bekannter, der pockennarbige Balinese. Durch die Fensterscheibe sahen sie, wie er an Kikos Tisch tänzelte und gestikulierend auf sie einredete. Die Japanerin zog einen Flunsch, der Typ verschwand in die hinteren Regionen der Bar.

Kiko wartete eine Weile, bis sie zu ihren Freunden nach draußen ging. Nach kurzem Blickkontakt fuhren sie in zwei verschiedenen Taxis nach Seminyak. Verabredeter Treffpunkt war das Restaurant *Greens*, gerade mal wieder out und daher ziemlich leer.

»Was ist los?« fragte Sina, kaum daß sie an einem Ecktisch Platz genommen hatten. »Warum ist er nicht gekommen?«

»Keine Ahnung«, sagte Kiko. »Nyoman, falls er wirklich so heißt, traue ich nicht mehr als von hier bis da.« Zwischen ihren zierlichen Fingern erschien ein Spalt von knapp drei Zentimetern. »Angeblich ist Oberboß heute geschäftlich verhindert – was immer das heißen mag.«

»Und wie geht es weiter?« wollte Hubsi wissen.

»Morgen soll der große Tag sein. Wieder zehn Uhr. *Galerie Ikat*. Dann wissen wir hoffentlich mehr.«

»Laßt uns eine Kleinigkeit essen und dann wieder ins Hotel zurückfahren«, schlug Sina vor. »Schließlich haben wir noch eine Menge zu erledigen.«

»Allerdings«, erwiderte Hubsi, der gern das letzte Wort hatte. »Allerdings!«

Um halb zwei fielen ihr beinahe die Augen zu. Sie hatten Martins Aufzeichnungen aufgeteilt; Sina beakkerte den Anfang. Hubsi Mitte bis Ende. Er schien wesentlich schneller voranzukommen, wie sie nach mehreren Seitenblicken feststellen mußte.

»Was ist los?« fragte er. »Machst du schlapp?«

»Ich kann kein Cola mehr sehen«, stöhnte sie und schob das halbleere Glas beiseite. »Und erst recht keine Buchstaben H, die eigentlich E bedeuten.«

»Warum machst du nicht eine kleine Pause?« schlug er vor. »Vielleicht eine Runde schwimmen? Es ist Vollmond!«

»Komme ich mir dir gegenüber schäbig vor«, murmelte sie. Die Vorstellung, sich im warmen Wasser treiben zu lassen, besaß etwas ungemein Verlockenes. »Es sei denn, du kommst mit.«

»Ich will dranbleiben, solange ich einigermaßen frisch bin«, antwortete Hubsi. »Also los, raus mit dir! Anschließend geht es wieder viel besser, wirst schon sehen!«

Eine Menge weißer Blüten trieb im Pool, und ein dicker runder Kürbismond hing bühnenreif zwischen den beiden Säulen, die auf der gegenüberliegenden Seite in den Nachthimmel ragten. Die Blätter der großen Palmen rauschten. Um sie herum war ein Summen und Zirpen, das nur gelegentlich von ein paar spitzen Lachern gestört wurde. Drüben, im Bungalow des Malers, schimmerte noch Licht.

Eine Nacht zum Verlieben, dachte Sina und schwamm langsame, ruhige Bahnen. Und wir kauern seit Stunden auf dem Boden und schreiben Buchstaben.

Sie trocknete sich gründlich ab, um keine Mückenschwärme anzulocken, wickelte sich ins Badetuch und gönnte sich noch ein paar Liegeminuten auf Hubsis Terrasse.

Sie wachte auf, weil etwas Weiches, Warmes ihre Wange kitzelte.

»Wer ist . . .«, wollte sie auffahren. Dann spürte sie, daß es Haare waren.

Hubsis Haare.

»Scht, ganz ruhig«, flüsterte er. »Ich bin's, nicht der große böse Wolf! Zwei Stunden Schwimmen kamen mir bißchen lang vor. Deshalb bin ich mal nachschauen gegangen.« Er strich ihr über das Haar. »Bist schon eine komische Nummer«, sagte er zärtlich. »Schwarze Haare, schwarze Augen, rabenschwarzes Herz, wie ich mal unterstelle. Immer voller Power und dann hier einschlafen wie ein kleines Mädchen!«

»Ich kann sofort weitermachen!« Sina versuchte sich aufzurichten, aber die Last seines Körpers war zu schwer. Er roch nach Sommer, nach Tropennacht, nach einem Körperpuder, der sie an etwas erinnerte, was lange zurücklag.

»Nicht gleich wieder weglaufen!« bat Hubsi und verlagerte sein Gewicht. Die Holzunterlage war schmal. Sie mußten eng zusammenliegen. »Ich bin fast fertig mit dem Tagebuch. Den Rest können wir morgen früh erledigen. Was fangen wir jetzt an mit der angebrochenen Nacht?«

Von nahem waren seine Augen hellgrau, mit winzigen gelblichen Einschlüssen. Dunkle Wimpern. Aus der Nähe sah man, wie lang sie waren.

»Nicht das, was du denkst«, erwiderte sie und zog sich unwillkürlich zurück.

»Und was ist das, wenn ich fragen darf?« wollte er wissen. »Sind dir in deinem Frauenleben ausschließlich Idiotenmänner begegnet? Solche, die nur das Eine wollten?«

»Du bist ganz schön empfindlich«, sagte sie nach einer kleinen Weile. Sein Atem war wieder ruhiger geworden.

»Du nicht?«

»O doch«, gab sie zu. »Sehr. Deshalb finde ich es ja oft so schwierig. Im Job muß ich immer die spielen, die durch nichts zu treffen ist. Das färbt auf Dauer auch aufs Privatleben ab.«

»Darf ich dich mal richtig in die Arme nehmen?« fragte er. »Probehalber? Ohne Hintergedanken sozusagen?«

»Ich weiß nicht.« Seine Nähe war alarmierend angenehm.

»Dann versuchen wir's doch einfach mal.« Er hielt sie, nicht zu vorsichtig, nicht zu fest. Genauso, wie es richtig war.

»Kommt gut«, sagte Sina leise.

»Finde ich auch«, flüsterte er. Und küßte sie.

Sie kam gerade aus dem Badezimmer, als die Sonne aufging. Schräge rote Strahlen fielen durch die Fensterscheibe und illuminierten kleine Staubteilchen, die überall herumschwebten. Die Klimaanlage surrte leise. Erst vor einer Stunde hatten sie sie angestellt.

An der Türe blieb sie noch einmal stehen und betrachtete den Mann, der ausgestreckt auf dem breiten Bett lag. T-Shirt, Shorts, lange braune Beine. Ausgesprochen hübsche Füße. Sogar die Knie waren ohne Fehl und Tadel.

»Ich hab' schon recht gehabt mit ›Beau‹«, sagte sie und lachte. »Du bist tatsächlich viel zu schön, Hubsi! Das macht Frauen angst. Und die ist meist stärker als alle Begehrlichkeit.«

»Und was rätst du mir?« fragte er. »Gesichtsoperation? Einen Schleier tragen? Nicht mehr aus dem Haus gehen?« Seine Stimme klang rauh, als ob er nicht nur Cola getrunken hätte. Sie schien ihn wirklich getroffen zu haben.

»Doch ein bißchen sauer, weil es beim Küssen und Umarmen geblieben ist?«

»Keine Spur«, erwiderte Hubsi. Er war dabei, sich wieder zu fangen. Sie merkte es an der Art, wie er den Mund verzog. »Wir sehen uns beim Frühstück. Ich brauch dringend 'ne Runde Schlaf.«

Wahrscheinlich meint er wieder, was er sagt, dachte Sina, während sie den schmalen Pfad zu ihrem Bungalow im hinteren Teil der Anlage ging. Die Vögel zwitscherten. Keine Wolke weit und breit, nichts als heiße, strahlende Sonne. Es versprach ein neuer, großartiger Tag zu werden.

Vielleicht weiß er auch nicht, was er wirklich will, spann sie ihre Gedanken weiter.

Sie war inzwischen an ihrer Schwelle angelangt. Warum sollte es ihm anders gehen als mir?

Soviel Selbsterkenntnis auf einen Schlag! Sina stieß einen tiefen Seufzer aus und schloß auf.

18

Am späten Vormittag waren sie durch. Beide ein wenig neben sich, in der kippligen, beinahe schwebenden Stimmung, in die man nur nach Nächten ohne Schlaf gerät. Alle Geräusche lauter und durchdringender als sonst, die Konturen der Dinge schärfer. Ihnen war heiß. Jetzt konnte man ohne Vorwarnung zu streiten beginnen oder einfach in Gelächter ausbrechen.

Kiko schaute ein paarmal von Sina zu Hubsi, von Hubsi zu Sina, verkniff sich aber alle Kommentare. Man konnte sehen, wie es in ihr arbeitete.

Sie ließen sie im ungewissen. Es gab nur eines, was wirklich anstand: die restliche Entschlüsselung von Martins Tagebuch.

Das ist es, damit bin ich aus dem Schneider! Habe einen Typ getroffen, der mich auf eine blendende Idee gebracht hat. Auf einmal macht die Anzahlung auf das Meergrundstück wirklich Sinn. Der Holländer will nach Hause, weil ihm die Tropen zum Hals raushängen. Und ich kann nicht genug davon bekommen! Wenn der Deal klappt, dann rollt künftig der Rubel auch bei mir. Abnehmer weiß ich schon. Beim Surfen habe ich diese Clique von ausgeklinkten Australiern kennengelernt, die großes Interesse haben, eine gut funktionierende Line aufzuziehen. Ich bin dabei!

Sri halte ich erst einmal aus der Sache raus. Die Leute hier sind unheimlich komisch, was Stoff betrifft. Zumindest die, die nichts damit zu tun haben wollen. Aber es gibt natürlich auch andere. Und die verdienen, wie es aussieht, gar nicht schlecht dabei.

»8. Juni«, sagte Sina. »Da hat alles angefangen. Dann kommen ein paar unwichtige Seiten für uns. Ein Sturz, ein Typ, der ihm die Brieftasche geklaut hat, Surftraining und so weiter. Interessant wird es wieder, als sie dachten, daß Sri schwanger ist. Hier, 16. August!«

Sieht ganz so aus, als ob wir ein Baby bekämen. Meine Gefühle sind sehr zwiespältig. Komisch, das in meinem Code zu Papier zu bringen!

Wozu die ganze Mühe? Selbst wenn wir uns sehr anstrengen, wird Sris Deutsch noch lange nicht zum Lesen ausreichen. Aber ich bin eben ein mißtrauischer Hund. Gibt mir eine komische Art von Sicherheit, innerste Gedanken verschlüsselt aufzuschreiben und daher unantastbar zu wissen.

Ein Kind für uns? Ein kleines Wesen zwischen den Welten? Ich freue mich, aber ich habe gleichzeitig auch große Bedenken. Ich liebe meinen zarten, wunderschönen Engel, das steht fest. Und dann ist immer wieder große Fremdheit zwischen uns. Die Familie zum Beispiel. Ich weiß, daß Sri leidet, weil sie mißbilligen, daß und wie sie mit mir lebt. (Wenn sie wüßten, mit welchem Geschäft ich an unserer Zukunft baue, würden sie sie endgültig verstoßen.)

Wir sind so unterschiedlich! Ich mit meinem deutschen Intellektuellenquatsch im Schädel, sie, das Naturkind, das raus möchte aus der Enge des Kampongs. Kann Liebe Flügel wachsen lassen? Keine Ahnung, wirklich keine Ahnung …

»Aber es scheint nicht geklappt zu haben«, sagte Hubsi. »Das mit dem Kind. Er schreibt nur ganz wenig darüber. Wahrscheinlich, weil er wirklich traurig war.«

Sina sah ihn überrascht an. Von Mann zu Mann hättet ihr euch gar nicht schlecht verstanden, dachte sie.

Aus der Traum! Kein Kind, zumindest jetzt noch nicht. Sri weint und will sich nicht beruhigen lassen. Ich versuche ihr immer wieder zu sagen, daß es auch seine guten Seiten hat. Zuerst ziehen wir unser Hotel auf, und dann können wir einen ganzen Stall voller Kinder bekommen.

Ich brauche einen klaren Kopf. Es gibt Probleme. Die Line läuft ausgezeichnet. So gut, daß sie die hiesige Konkurrenz aufgeschreckt hat. Die Kleindealer fallen nicht ins Gewicht, aber es gibt einen Ami hier, der einiges zu sagen hat. Der will Zoff machen. Bin gespannt, was er sich einfallen läßt.

»Das war einen guten Monat später«, sagte Sina. »Ende September. Es fing ganz unauffällig an. Zweimal wurde sein Wagen angefahren, später kam ein Einbruch, bei dem nur ein paar Klamotten und ein Kassettenrecorder verschwanden. Das Haus sah allerdings anschließend furchtbar aus. Aber Martin stellte sich blind und versuchte, möglichst lange an Zufälle zu glauben.«

»Warum auch nicht?« sagte Hubsi und schenkte sich von dem köstlichen Bali coffee nach, den sie jeden Vormittag tranken. »Die Sache lief doch gut. Alles paletti. Hier zum Beispiel...«

Mein Konto macht schon einen sehr ordentlichen Eindruck. Der Holländer war wirklich anständig mit seinem Preis. Und er akzeptiert meine Raten.

Oder will er so dringend nach Hause? Tropenkoller vielleicht. Nichts als Heimweh...

Drei große Deals noch, und ich hab' alles zusammen. Wird Zeit, daß ich aufhöre. Trotz aller Vorsicht ist irgend etwas zu Sri durchgesickert. Ich merke es an der Art, wie sie mich ansieht. Sie weicht meinen Umarmungen aus. Natürlich sagte sie nichts. Es hat unzeitgemäß viel geregnet. Wenn Engel traurig sind, weint der Himmel.

Vor ein paar Tagen strich ihr Cousin ums Haus, der Taxifahrer, der sonst immer ganz freundlich war. Als er mich sah, stob er davon, als hätte er Beelzebub höchstpersönlich gesehen. Made kommt viel rum. Kann mir schon denken, daß er ihr einen Tip gegeben hat.

Der Ami wird allmählich penetrant. Jerry, das Großmaul, hat mir von zweien seiner Knechte auflauern lassen. Ein riesiger Kanadier namens Tom fürs Grobe und ein dünner kleiner Balinese mit schlechter Haut, der auf fein macht. Ich soll meine Finger davon lassen, sagten sie. Sonst gäbe es Ärger.

Bald, meine Freundchen, sehr bald! Dann, wenn mein Konto so aussieht, wie ich es mir schon immer gewünscht habe!

»Er hatte kein gutes Gefühl mehr«, sagte Sina. »Aber er wollte noch nicht aufhören. Anfang Oktober beschlossen Sri und er zu heiraten. Sie fuhren nach Peliatan und verkündeten ihre Hochzeitspläne. Keine Spur von Jubel, wie Martin wohl gehofft hatte. Die Familie wußte längst, womit er sein Geld verdiente. Nichts als eisige Ablehnung. Das muß ihm mächtig zu denken gegeben haben.«

»Aber er schreibt wenig darüber«, sagte Hubsi. »Im Grunde spielt er es ziemlich runter.«

»So war er immer«, erwiderte Sina und streckte sich. Die lange Nacht saß ihr noch in den Knochen.

Sie linste zu ihm hinüber. Im Gegensatz zu ihr sah Hubsi aus, als hätte er einen siebenstündigen Schönheitsschlaf hinter sich. Sein Gesicht wirkte gelöst und sehr offen. Vielleicht war sie doch zu feige gewesen.

Vielleicht aber auch nicht.

»Je größer der Druck, desto mehr machte er dicht«, fuhr sie fort. »So, als ob er mit dem Herunterlassen seiner Schotten auch alle Gefahren bannen könne.«

»Aber es hat nicht funktioniert«, sagte Kiko, die dem Dialog schweigend und aufmerksam gefolgt war.

»Nein«, sagte Sina traurig. »Es hat nicht funktioniert. Am 8. Oktober hat er mir geschrieben. Zwei Tage später rückten sie ihm zum ersten Mal richtig auf den Pelz.«

Tom und Jerry machen Ärger. Heute lauerten sie mir im Dunkeln auf und zwangen mich, sie in ihre Bruchbude zu begleiten. Unangenehme Typen, die beiden. Ach was, die drei! Der kleine, dünne Spitzel bewachte die Türe. Tom wedelte mit seinen Fäusten vor mir herum, und Jerry bekam sein Kaugummimaul kaum auf. Beinahe hätte ich sie gefragt, ob sie auch so gern die Filme mit der schlauen Maus und der blöden Katze gesehen haben. Aber ich hab' es mir verkniffen, weil sie mich maßlos genervt haben.

Sie wollen, daß ich Leine ziehe. Schnellstens, wie sie sich unmißverständlich ausdrückten. Da werden sie Pech haben, die Herrn Pisser!

Das einzige, was mir Sorgen macht, ist, daß sie ziemlich gut über meinen Tagesablauf Bescheid zu wissen scheinen. Und über mein Leben überhaupt. Tom hat ein paar dreckige Bemerkungen über Sri gemacht.

Zur Vorsicht werde ich sie nach Hause schicken. Zumindest für die nächste Zeit. Besser, als wenn ich hier vor Angst um sie nicht schlafen kann.

Der eine Deal läuft heute nacht. Alles gut organisiert. Morgen kriegt der Australier seinen Stoff. Reinste, beste Ware. Bei der letzten Übergabe wäre er um ein Haar in Verzückung ausgebrochen.

Und dann noch ein – allerletztes – Mal. Für die Bauarbeiten. Dann Schluß. Schluß! Schluß!

»Aber die Familie hat Sri nicht aufgenommen«, sagte Hubsi. »Zumindest nicht einfach so. Ihre Bedingung war, daß sie Martin verläßt. Da ist sie wieder nach Kuta zurückgefahren.«

»Ja«, sagte Sina. »Einmal konnte sie ihnen noch entkommen. Das war wohl am 15. Oktober. Drei Tage hat sie Martin nichts davon gesagt, obwohl sie ihr beinahe den Arm abgedreht haben. Erst, als die Schmerzen unerträglich wurden, ist sie langsam mit der Wahrheit rausgerückt.«

»Inzwischen lief Martins Deal«, erwiderte Hubsi. »Der allerletzte, mit dem alles vorbei sein sollte.«

»Er muß halb wahnsinnig vor Schuldgefühlen gewesen sein«, sagte Sina. »Schau, hier, nichts als wirre Gedanken und Sätze, die zwischendrin abbrechen! Und die Schrift, ganz klein und schief und unsicher, als wollte er verstecken, was er schrieb. Aber er hat die Bande unterschätzt. Er war sich so sicher, daß er gewinnen würde! Ein einziges Mal noch, dann sollte der ganze Spuk vorbei sein.«

»Und das Mädchen in Sicherheit. Deshalb hat er sie nach Candi Dasa gebracht. Zu seinem Freund, dem französischen Arzt.«

Es ist der 22. Oktober, und mein Engel ist nach Osten geflogen. Dort, bei Léon, ist sie in besten Händen. Er hat ihren Arm untersucht. Sie hatte Glück. Diese Schweine – wenn ich die erwische...

»Der Anfang vom Ende.« Sina setzte sich auf die Brüstung der kleinen Veranda. »Er wurde zornig und damit unvorsichtig. Martin haßte es, wenn etwas nicht lief, wie er es sich vorgestellt hatte. Und er konnte noch nie seine Emotionen besonders gut zügeln. Natürlich haben sie ihn beschattet. Es war ein leichtes für sie, anschließend wieder nach Candi Dasa zu fahren und sich das Mädchen zu schnappen. Sie warteten noch ein paar Tage, wahrscheinlich aus Vorsicht. Vielleicht wollten sie auch seine nächste Transaktion abwarten. Dann schlugen sie zu. Folter, Vergewaltigung. Zum Schluß der Goldene Schuß. Sri mußte qualvoll sterben. Sie haben es ihm in allen Details mitgeteilt.«

»Hier schreibt er, daß es eine Panne gab. Er war für ein paar Tage auf Flores. Auf der Suche nach Arbeitskräften für seine künftige Baustelle. Auf die Idee, Mitglieder von Sris Familie zu verpflichten, kam er wohl erst später. Auf jeden Fall hat ihn die Nachricht der Bande, daß sie Sri in ihrer Gewalt haben, niemals erreicht. Das Mädchen muß gedacht haben, daß Martin sie nicht auslösen will. Daß sie ihm weniger bedeutet als seine Heroingeschäfte.« Hubsis Gesicht war dunkel und weich vor Mitgefühl. »Entsetzlich, so zu sterben!«

»Und Martin wußte, daß es ihm jetzt an den Kragen gehen würde. Er hat es sogar aufgeschrieben, hier, der letzte Satz. Uncodiert. Aber er zog sein Geschäft noch durch. Er bekam das Zeug, das ihre Leute später verbrannt haben.« Sina tippte auf die verschmierte, unleserliche Stelle.

Sie haben Sri umgebracht. Gestern. Und jetzt holen sie mich...

Sie sah die anderen beiden gequält an. »Er wußte doch, daß ich nach Bali kommen würde! Schließlich hatte er mich ja eingeladen – ich kann es einfach nicht verstehen!«

»Es ist zu spät, sich darüber Gedanken zu machen«, sagte Kiko sanft. »Das ist Vergangenheit. Jetzt aber ist Gegenwart. Du tust, was du glaubst, tun zu müssen. Wir helfen dir dabei.« Sie lächelte. Man hatte das Gefühl, daß eine kleine, warme Sonne aufging.

Sina lächelte zurück.

»Wann fährst du zu Sris Familie?« fragte Kiko. »Made tigert schon den ganzen Vormittag auf dem Parkplatz rum. Ich glaube, es ist Zeit.«

»Ja«, sagte Sina dankbar und erhob sich. »Es ist Zeit. Du hast recht.«

»Ich komme mit, wenn du nichts dagegen hast«, hob Hubsi an und stand ebenfalls auf. Er wich ihrem Blick aus.

Irgend etwas hatte sich verändert seit ihrer gemeinsamen Nacht, die sie nicht zusammen verbracht hatten. Sina wußte nicht, was es war. Ihr Magen begann leicht zu flattern.

Nicht auch noch das! sagte sie sich streng. Das Flattern blieb.

»Nein, wie sollte ich?« Ihre Stimme klang ruhig, als sie ihm antwortete. Beinahe gleichgültig. Er mußte doch nicht gleich mitbekommen, wie sehr sie sich darüber freute.

Auch beim zweitenmal verlor die Fahrt durch Balis Süden nichts von ihrer Schönheit. Trotzdem war es ganz anders.

Da Zeit diesmal eine Rolle spielte, verzichteten sie auf Schlenker und schmale Wege und hielten sich auf der Art von Asphalt, der hier als Schnellstraßenbelag verwendet wurde. Es dauerte dennoch drei Stunden, bis sie an ihrem Ziel waren. Zwei Unfälle hatten sie unterwegs aufgehalten. Besonders schrecklich sah ein Motorradfahrer aus, den man buchstäblich von der Straße wieder abgekratzt hatte.

Sina verschloß ihre Augen und ihre Sinne vor dem scheußlichen Bild, hinter dem sofort weitere, kaum minder scheußliche nachdrängten. Seitdem sie Martins Tagebucheintragungen kannte, hatten sein und Sris Tod neue, mehrdimensionale Züge angenommen. Die Gefahr war weniger abstrakt geworden. Sie konnte sie spüren, beinahe riechen.

Vielleicht besser so.

Es war kein Lausbubenstreich, zu dem sie aufbrachen. Sie schickten sich an, Leute aufs Kreuz zu legen, die sich nicht im mindesten scheuten, andere umzubringen.

Mit ihrer steigenden Nervosität wuchs aber auch ihre Wut. Sie hätte schreien können, mit den Füßen aufstampfen. Keinesfalls würde sie sich abbringen lassen von dem, was sie sich vorgenommen hatte! Von nichts und niemandem!

»Was ist los, Sina?« Der Mann neben ihr starrte verwundert auf ihre geballten Fäuste. »Wen hast du dir diesmal ins Visier genommen?« Leiser Spott machte seine Stimme tiefer. »Muß man zu zittern beginnen?«

»Bist du mitgekommen, um mich solche Blödheiten zu fragen?« sagte sie patzig und sah aus dem Fenster.

»Entschuldige.« Jetzt klang sein Ton wieder normal. »Du machst mich einfach verrückt! Du und die Art, wie du dich verhältst. Kalt – heiß, dann wieder eiskalt. Und alles ohne Vorwarnung. Da soll einer schlau werden aus deinen ständigen Wechselbädern!«

Er hatte recht. Sie war gereizt und unhöflich. »Ebenfalls Entschuldigung«, bat sie. »Laß uns unser Drama ein paar Takte zurückstellen, ja?« Ihre dunklen Augen suchten nach seiner Zustimmung.

»So lange, bis du wieder wohlverwahrt im Flieger sitzt, ja?« fragte er. »Mit zehntausend Kilometern und sechzehn Flugstunden Sicherheit zwischen uns? Ich muß dich warnen, Sina: München erreicht man von Wien aus in knapp vier Autostunden.«

»Bis unser großer Coup gelaufen ist«, antwortete Sina, ohne näher darauf einzugehen. »Stell dir vor, du bist... sagen wir, ein Mittelstürmer. Die dürfen auch erst wieder nach dem Endspiel.«

»In Ordnung«, sagte er nach einer Weile. »Wenn wir alles hinter uns haben. Hoffentlich ist dann noch Zeit dazu.«

»Da appellierst du an die Falsche.« Sina wies nach draußen, wo neben dem Ortsschild von Peliatan ein verwitterter Schrein für Dewi Sri stand. »Göttinnen – an solch hohe Instanzen mußt du dich wenden! Ein bißchen übernatürlichen Beistand können wir gut gebrauchen.«

Der Tumult im Kampong hatte sich noch nicht gelegt, als sie mit Made hinter die Lehmmauer kamen. Hunde, Kinder, Halbwüchsige, alles wuselte aufgeregt zwischen den Männern und Frauen hin und her. Sie schnatterten und riefen laut durcheinander, und es dauerte eine ganze Weile, bis Made sich durchgefragt hatte.

Als er zu Sina und Hubsi zurückkehrte, die höflich abwartend am Eingang stehengeblieben waren, kam er aus dem Kopfschütteln nicht heraus.

»Verbrecher!« murmelte er vor sich hin. »Das Mädchen! Er will Terima mitnehmen!«

»Wer ist Terima?« fragte Sina. »Wer will sie wohin mitnehmen?«

»Nyoman.« Made spuckte ihr den Namen entgegen wie fauliges Fleisch. »Der dünne Mann, der den Tod in sich trägt. Er hat Familie bedroht. Weil er ahnt, was mit Heroin von Deutschen geschehen ist. Aber er nur ahnt. Gesehen er hat nichts. Gibt keine Beweise. Bitte Sie jetzt kommen – ehrwürdige Großmutter schon wartet.«

In einiger Entfernung konnten sie die kleine, gebückte Gestalt sehen; sie schien ihnen zuzuwinken. Sina und Hubsi winkten zurück und gingen langsam auf sie zu.

»Sorry, aber ich hab' noch immer nicht kapiert, was passiert ist«, sagte Hubsi und blieb stehen. »Ein Mann, der den Tod trägt, und ein Mädchen, das er mitnehmen wollte. Was soll das heißen?«

»Bitte«, sagte Made. »Sie müssen verstehen. Dieser Nyoman, er war hier, als wir letztes Mal Kampong besuchen.« Er wandte sich hilfesuchend an Sina. »Sie sich erinnern vielleicht?«

»Ja«, sagte Sina. »Ich weiß genau, wovon Sie sprechen. Er fuhr gerade weg, als wir ankamen. Die Familie war anschließend beinahe paralysiert. Ich habe gespürt, daß etwas nicht in Ordnung war und nachgefragt. Aber sie wollten nichts verraten. Zu deinem Verständnis, Hubsi: Nyoman ist Kikos ›Boß zweiter Kategorie‹. Der dünne, kleine Cheater, über den auch Martin geschrieben hat.«

»Er hat gedroht«, sagte Made aufgebracht. »Wollte Heroin zurück. Sagt, es gehört ihm. Wenn wir nicht es rausgeben, er kommt holen anderes Mädchen von Familie. Und heute er hat es versucht. Terima, kleine Schwester von Sri. Ist erst elf Jahre. Aber keine in Dorf Peliatan tanzt *Legong* wie sie.«

»Er wollte das Mädchen entführen?« fragte Sina entsetzt. »Aber es gibt doch gar kein Heroin mehr! Sagten Sie nicht, alles sei verbrannt?«

»*Ist* verbrannt«, bekräftigte er. »Nichts mehr da. Ehrwürdige Großmutter ihm das hat gesagt im Zorn. Aber er konnte Terima nicht mitnehmen. Cousins haben zuvor bemerkt. Es gab kleine Schlägerei. Nyoman hatte scharfen Krisdolch, aber war allein. Unsere Männer haben keine Angst. Sie gewinnen«, sagte er erleichtert. »Terima ist o. k. Ohne Schaden.«

»Wo ist er jetzt?« fragte Sina. »Etwa noch immer hier?«

»Zurück nach Kuta«, erwiderte Made. »Neue Verbrechen machen.«

»Er wird es wieder versuchen«, räsonierte Sina finster. »Und diesmal sicherlich mit Unterstützung. Verbrannt oder nicht verbrannt – er weiß genau, was das Zeug wert war und wird sich nicht damit zufriedengeben. Sie sind alle in Gefahr – die ganze Familie, nicht nur die Mädchen! Wir müssen uns etwas einfallen lassen, um ihn unschädlich zu machen. Bitte, sagen Sie das Ihrer Großmutter!«

Während Made übersetzte, ließ sie die alte Frau nicht aus den Augen. Die Großmutter hörte aufmerksam zu und unterbrach ihn nur ein einziges Mal mit ihrer hohen, schnellen Sprechweise. Die anderen Familienmitglieder hatten sich mit respektvollem Abstand im Halbkreis um sie geschart. Schließlich begann die Alte zu sprechen.

»Das Böse zerstört sich selbst«, dolmetschte Made. »Oft sind es Dämonen, die sich aus ihrer Welt in die der Menschen verirrt haben und nicht wieder zurückfinden. Blutopfer können dazu beitragen, die Reise zurück zu erleichtern. Wir werden den Priester bitten, einen Hahn zu schlachten.«

Die anderen nickten beifällig.

»Mir ist ebenfalls eine Idee gekommen, wie das Böse sich selbst zerstören könnte. Durch Verrat eines Verräters.« Solche Lösungen hatten Sina schon immer gefallen.

Hubsi sah sie erstaunt an. »Was meinst du damit?«

»Später!« flüsterte sie. »Sie müssen in Zukunft keine Angst mehr vor Nyoman haben«, sagte sie in Richtung Großmutter. »Wenn alles nach Plan verläuft, wird Ihr Blutopfer sicherlich *sehr* wirksam sein.«

Wieder allgemeines Nicken, nachdem Made übersetzt hatte.

»Nun zu der Aktion selbst«, sagte Sina. »Die Ware kommt per Boot von einer der Inseln, richtig?«

»Ja«, erwiderte Made und dolmetschte gleich weiter. »Wieviel Leute Sie brauchen?«

»Einen, der das Ersatzboot steuert, und einen, der ihn begleitet. Für alle Fälle. Ich meine, wenn etwas Unvorhergesehenes passiert. Haben Sie mit dem Mann gesprochen, der diese Fahrten schon öfter gemacht hat? Ist er bereit, mit uns zusammenzuarbeiten? Das Geld für ihn habe ich.«

Made gab ihre Frage in seinem Dialekt weiter. Ein großer, dünner Mann mit wachen Augen antwortete.

Der Taxifahrer nickte. »Ja, ist bereit«, sagte Made. »Alles klar. Er bringt Ersatzmann mit.«

»Und der andere?« fragte Sina weiter, sehr eindringlich diesmal. »Der, der seine Auftraggeber verraten wird? Weiß er, was er riskiert? Selbst ein paar Hundertdollarnoten können die Gefahr nicht aufwiegen, in die er sich begibt.«

Die Großmutter schnatterte einen Einwand.

»Sie sagt, Sie und ich sollen alles bereden mit Mann selbst«, übersetzte Made. »Mit dem, der gefährliche Fahrten macht. Bitte, Sie schweigen hier nun! Ist besser, wenn Familie weiß nicht viel.«

»Da haben Sie recht«, sagte Sina und tupfte sich den Schweiß von Stirn und Nacken. Es war unangenehm schwül. Ein Angriff der Stechmücken stand zu befürchten. Schon jetzt juckte ihre Haut in den Kniekehlen unerträglich. »Wer wenig weiß, kann wenig sagen«, fuhr sie fort. »Und wo finde ich diesen Mann? Schließlich hängt alles von ihm ab.«

»Ich Sie bringe zu ihm«, sagte Made. Er warf Hubsi einen schnellen Blick zu. »Sie allein«, setzte er nach kleinem Zögern hinzu. »Verzeihung! Besser, nur Sie wissen und ich.«

Sina verneigte sich leicht vor der alten Frau, die sie mit unverhohlener Neugierde musterte.

»Ich danke Ihnen für Ihre Unterstützung«, sagte sie. »Ich hoffe, wir enttäuschen Sie nicht.« Dann wandte sie sich Made zu. »Worauf warten wir noch?« fragte sie. »Gehen wir!«

Als sie zurück ans Meer kamen, sah das Wasser dunkelblau aus. Nur an den Felsbänken hatte es einen Stich ins Grüne. Der Himmel war weit und milchig und verschmolz mit den schäumenden Wellen in der Ferne zu einem unendlichen Horizont.

Aus dieser Richtung sollte das Böse stammen? Sina starrte so lange hinaus, bis ihre Augen zu tränen begannen.

Aber genau von dort würde die tödliche Fracht kommen.

19

Unmittelbar vor Kikos abendlichem Aufbruch nach Kuta hielten sie noch einmal Kriegsrat. Die kleine Japanerin war bereits perfekt kostümiert. Sina hatte ihr noch eine schwere goldene Kette umgehängt, die ihre Hose aus Goldlamé und den strengen schwarzen Seidenblazer wirkungsvoll unterstrich.

»Eine aufregende Mischung aus Flippie und Business Woman!« sagte Sina und zupfte an den wilden Locken, die ein Dutzend Papilloten hervorgebracht hatten. »Ungewöhnlich, aber überzeugend!«

»Ich fühle mich eher wie Mata Hari«, seufzte Kiko. »Aber ich hoffe auf ein gutes Ende.«

»Auf jeden Fall siehst du nach viel Geld aus«, kommentierte Hubsi. »Man traut dir ohne weiteres zu, daß du deinen kleinen Aktenkoffer öffnest und ihm dicke grüne Bündel entnimmst. Ich würde sicherlich auf dich reinfallen!«

»Hoffentlich hat Oberboß einen ähnlichen Geschmack wie du!« Kiko versuchte ein zaghaftes Lächeln. Ein dünner Schweißfilm stand auf ihrer Haut, und ihre Augen waren unruhiger als sonst. Ganz gegen ihre sonstige Gewohnheit schnorrte sie eine Zigarette von Sina. »Heute ist mir zum erstenmal mulmig, wenn ich ehrlich bin. Was wohl passiert, wenn ich ihm seinen Mitarbeiter als Verräter serviere? Vielleicht bekommt er einen Anfall und will mir an die Kehle!«

»Ganz im Gegenteil!« versuchte Sina ihr Mut zu machen. »Deine Informationen zeigen ihm, daß du ein harter, aber ehrlicher Partner bist. Und ein ernstzunehmender! Außerdem erweist du ihm indirekt damit einen großen Gefallen. Wer weiß, bei wieviel anderen Geschäften Nyoman schon ähnlich verfahren ist?«

»Aber das ist eigentlich nicht unsere Absicht«, gab Kiko zu bedenken, »ihm einen Gefallen zu erweisen.«

»Nicht direkt«, grinste Hubsi.

»Es ist vor allem wichtig, daß du Zeitdruck machst«, beschwor Sina sie. »Ist die Geschichte mit deinem Ticket jetzt geklärt?«

Kiko nickte. »Ich kann jederzeit abhauen. Wann immer es brenzlig wird.«

»Es darf nicht mehr allzu lange dauern«, sagte Sina. »Meine Heimatfront wird allmählich unruhig. Ich habe heute mit Hanne telefoniert, die dringend zum Flittern möchte. Und liebeskranke Reisende

kann man beim besten Willen nicht lange aufhalten!«
Ihr Lachen klang ansteckend.

»Was, meinst du, soll ich ihm vorschlagen?« wollte Kiko wissen. »Vier Tage vielleicht?«

»In dieser Zeit könnte dein imaginärer Kurier in Japan das Geld loseisen und ohne Probleme nach Bali transferieren«, antwortete Sina nachdenklich. »Ja, vier Tage wären optimal. Dann kann ich Hanne zumindest einen kleinen Silberstreif der Hoffnung am Horizont aufleuchten lassen. Versuche, ihn nach Möglichkeit darauf festzulegen!«

Kiko drückte ihre halbgerauchte Zigarette aus. »Jetzt ist mir wirklich schlecht«, sagte sie und zog eine Grimasse. »Los, gehen wir, sonst überleg' ich mir's noch mal anders!«

Zur Sicherheit parkten sie ihren Leihwagen eine Querstraße weiter. Nachdem Kiko die wenigen Meter zur *Galerie Ikat* gegangen war, hatten Sina und ihr Begleiter zum wiederholten Mal ausreichend Gelegenheit, festzustellen, was aus einem Geheimtip werden kann, wenn er sich weltweit herumspricht. Auf den Gassen Kutas wimmelte es von Menschen, und dichtester Verkehr wälzte sich durch die Straßen. Es roch nach unterschiedlichsten Essensdünsten, Sonnenöl, Schweiß und Auspuffgasen, und über allem hing der brackige Gestank, der aus der halboffenen Kanalisation drang.

»Meinst du, er kommt?« Auch Sina war nervös.

»Denke schon«, versuchte Hubsi Optimismus zu verbreiten. »Gelegenheiten wie diese werden auch bei ihm nicht täglich auf dem Programm stehen.«

»Hoffen wir's!«

Sie nahmen Platz in einer der überdachten Bars und starrten auf die gegenüberliegende Seite. Zwanzig Minuten waren bereits vergangen.

Und Kiko hatte die Galerie noch nicht wieder verlassen.

Nyoman empfing sie, und gleich hinter ihm tauchte ein großer, rothaariger Schrank von einem Mann auf. Ihr gutes Gedächtnis ließ sie nicht im Stich. Das war der Typ, der damals in *Mades Warung* am Nebentisch gesessen hatte. Zusammen mit dem unsympathischen Gelbzahn.

Kiko war nicht sonderlich überrascht, als sich eine Hintertüre öffnete und dieser höchstpersönlich herein kam. Er steckte in verwaschenen Jeans und einem unmöglichen Rüschenhemd. Fettiger Zopf, lange, gelbe Hauer.

»Hi«, sagte er zur Begrüßung und scheuchte die beiden anderen mit einer Armbewegung hinaus. Die Reifen an seinem Handgelenk klimperten. »Nenn mich Jerry. Du mußt Kiko sein. Nett, dich kennenzulernen.«

Er machte sich nicht die Mühe, sie zum Platznehmen aufzufordern, sondern ließ sich in einen der Korbsessel fallen, die um einen kleinen, ziemlich schmutzigen Tisch standen. Kiko setzte sich in den Sessel gegenüber.

»Was zu trinken?« Beim Sprechen bekam er kaum die Zähne auseinander.

»Gin Tonic«, antwortete Kiko und hoffte, daß es beiläufig genug klang. »Mit viel Eis.«

Jerry ließ ein unangenehmes Schnalzen hören, und eine der beiden Türen ging wieder auf. »Zwei Gin

Tonic« sagte er zu dem schüchternen Mädchen, das seinen dunklen Kopf hereinsteckte. »Viel Eis. Aber fix!«

Es dauerte keine drei Minuten, da war sie mit einem Tablett zurück und servierte ihnen schweigend. Die Flasche ließ Jerry neben seine Cowboystiefel gleiten. Wie ein lautloser Schatten verschwand das Mädchen wieder.

»Also«, sagte Jerry, nachdem sie beide getrunken hatten. »Du wolltest mich treffen. Hier bin ich! Was liegt an?«

»Ich hab' ein Geschäft anzubieten«, begann Kiko. »Ein lohnendes Geschäft. Ich suche einen Partner mit Nerven und ausreichenden Kapazitäten.«

»Und da bist du auf mich verfallen?« Jerry nahm einen gierigen Schluck.

»Auf wen denn sonst?« erwiderte sie ruhig. »Oder willst du mir einen anderen empfehlen?«

»Cool.« Sein Ton hatte etwas Anerkennendes. »Und clever! Du kommst aus Japan?«

»Eben«, sagte Kiko. »Das ist es gerade. Ein hartes Land. Immer mehr Menschen in meiner Heimat haben Sehnsucht nach bunten, schnellen Träumen. Aber solche Träume sind nicht immer erlaubt. Und daher oftmals schwierig zu bekommen. Ich bin auf der Suche nach jemandem, der sie prompt und zuverlässig liefert.«

»Viele Träume?« fragte er zurück.

»*Sehr* viele«, sagte sie. »Und regelmäßig. Für den Anfang denke ich an zehn Kilo.« Sie pausierte effektvoll und sah, wie er zweimal schluckte. »Wenn die Line einmal steht, könnten es pro Lieferung auch mehr werden. Falls das Zeug so gut bleibt.«

Der Mann leerte sein Glas in einem Zug und griff nach der Ginflasche neben sich. »Viel Geld für eine kleine Lady«, sagte er langsam.

»Bunte, schnelle Träume sind gefragt«, sagte sie. »Der Kreis der Interessenten wächst ständig. Könnte lukrativ werden.«

»Die Ware ist meistens nicht das Problem«, erwiderte Jerry bedächtig. »Sondern der Transport. Hat die kleine Lady auch daran gedacht?«

»Klar«, gab Kiko kühl zurück. »Ein enger Freund hat sich auf zoologische Einfuhren aus Südostasien spezialisiert. Er hat ein besonderes Faible für Kampfhähne. Genauer gesagt, Kampfhahnkörbe. Habe ich mich deutlich genug ausgedrückt?«

Der Mann pfiff anerkennend durch die Zähne. »Und wann soll das Ganze laufen?«

»Ganz schön heiß hier! Eine Möglichkeit, den Ventilator anzuwerfen?«

Er kam schlaksig aus seinem Sessel empor und schaltete das altertümliche Gerät an. Kräftiges, monotones Surren erfüllte den Raum. Der Kühlungseffekt war minimal. Aber das Geräusch war penetrant genug. Jetzt erst wagte Kiko, das kleine Aufnahmegerät anzustellen, das sie in ihrer Jackentasche versteckt hatte.

»Wann soll's losgehen?« wiederholte Jerry seine Frage. Für die drei großen Gläser Gin, die er mittlerweile intus hatte, sprach er noch erstaunlich artikuliert.

»Sofort«, erwiderte Kiko und hielt beinahe den Atem an. »So schnell wie möglich. Die Träumer wollen nicht mehr lange warten. Sagen wir: in vier Tagen?«

»Zehn Kilo?« Man sah, wie er fieberhaft überlegte. Dann entspannten sich seine Züge. »In vier Tagen? Müßte okay gehen. Vorausgesetzt, du schaffst das Geld in dieser Zeit ran.«

»Jeden Tag gehen bis zu vier Maschinen von Japan nach Bali«, sagte sie. »Eine reicht für meinen Kurier bereits aus. Kommen wir zum wesentlichen: dem Preis. Ich gehe davon aus, daß es bei dieser Größenordnung Rabatt gibt, habe ich recht?«

»Tja«, machte Jerry und fixierte sie aus kleinen grünlichen Augen. »Dreißigtausend pro Kilo.«

Kiko brach in ihr fröhliches, ansteckendes Gelächter aus. »Du machst Witze!« prustete sie. »Ich dachte an zwanzigtausend.«

»Du willst Träume und keine Seifenblasen, oder?« Aggressiv kam er quer über den Tisch, und sie konnte seinen alkoholgeschwängerten Atem riechen. »Meine Deadline liegt bei achtundzwanzigtausend. Keinen Dollar weniger!«

»Fünfundzwanzigtausend«, sagte Kiko und betete, daß das Band noch länger durchhielt. »Als Beginn einer erfreulichen Partnerschaft.«

»Sechsundzwanzigtausend«, schnaubte er. »Weil ich kleine, clevere Ladys leiden kann. Das wären dann zweihundertsechzigtausend stolze Dollar.« Er spitzte genießerisch seine Lippen. »Ich denke an eine kleine Anzahlung. Sagen wir: achttausend? Für anfallende Spesen und dergleichen.«

»Geld bei Erhalt der Ware«, entgegnete Kiko fest. »Alles bei Übergabe.« Sie senkte ihre Stimme. »Aber vielleicht gibt es etwas anderes, womit ich dir entgegenkommen könnte.«

»Was sollte das sein?« fragte er zurück.

Kiko schauderte vor seinem anzüglichen Blick. »Informationen«, sagte sie. »Die wichtig für dich sind. Du läßt die falschen Leute für dich arbeiten, Jerry. Gefährlich, wenn man mit schnellen, bunten Träumen handelt! Oder was hältst du von Kurieren, die für 50 Gramm kassieren und nur 47 liefern?« Sie zog eine übertriebene Schnute. »Meine Partner beispielsweise sind sehr eigen in diesen Dingen«, sagte sie. »Sollte ähnliches bei unserem Geschäft passieren, wäre es das erste und letzte Mal.«

»Wer?« fragte Jerry heiser.

»Nyoman«, antwortete sie und fühlte, wie Schweiß ihren Hosenbund durchtränkte. »Ich hab' ihn benutzt, um an dich heranzukommen, was übrigens nicht besonders schwierig war. Er redet gern und ist ein kleiner Cheater, der in die eigene Tasche arbeitet. Du solltest ein Auge auf ihn haben! Ich weiß nicht, ob du dir solche Leute leisten kannst.«

»Das laß meine Sorge sein!« bellte er zurück. »Vorausgesetzt, du sagst die Wahrheit.«

Sie zog mokant eine Braue hoch. Touché! Er bebte vor Wut, wie sie zufrieden registrierte.

»Ich mache meinen Job – und du deinen! Ist das klar?« Jetzt schrie er beinahe.

»Ich weiß nicht«, sagte sie zögernd. »Die Sache mit Nyoman hat mir zu denken gegeben. Ich meine, du bist hier doch der Boß, oder? Ohne dich läuft nichts?«

»Das will ich meinen«, sagte er gefährlich ruhig.

Wie ein fetter Alligator, der gleich zuschnappen will, dachte Kiko. Hoffentlich komme ich unbeschadet aus seinem Maul.

»Zumindest ging es bislang für alle ziemlich schlecht aus, die Lust hatten, das auszuprobieren.

Egal, wie clever sie sich vorkamen. Selbst neunmalkluge Europäer haben die Sache kapiert.«

Sie sah ihn so ungläubig an, wie sie nur konnte. »Kapiert?«

»Ja«, machte er. »Kannst dich ruhig umhören hier. Frag mal, was neulich diesem deutschen Arschloch passiert ist! Ich fackel' nicht lange, wenn jemand versucht, mir in die Suppe zu pissen. Eine Warnung, dann wird es ernst.«

»Du meinst, du räumst sie aus dem Weg?«

Er lachte, wie über einen guten Witz. »Dafür hab' ich mein Personal«, sagte er selbstgefällig. »Fürs Grobe ebenso wie für schwierigere Detailarbeit. Bei mir läuft die Strategie.« Er klopfte an seinen Schädel. »Alles hier oben drin, verstehst du? Alles hier drin! Zum Beispiel, wie man solche bedauerlichen Zwischenfälle hübsch tarnen kann. Dann gibt es – leider, leider – neue Heroinopfer. Die hiesigen Behörden machen sich nicht die Mühe, in einem Dreckhaufen rumzuwühlen. Die verscharren den Rest – und aus der Traum!«

»Meine Partner wünschen, daß alles ganz dezent vor sich geht.« Sie sah ihm fest in die Augen und versuchte, ihre zitternden Finger unter dem Tisch zu halten. »So unauffällig wie möglich, ist die Devise. Derartige Vorfälle wären nicht in ihrem Sinn. Im Gegenteil. Sie würden sie veranlassen, die Verbindung sofort zu unterbrechen.«

»Keine Sorge«, sagte Jerry großspurig. »Das Feld ist sauber. Du hast ja keine Ahnung, wie positiv sich solch ein perfekt inszenierter Tod auf alle Konkurrenzgelüste auswirken kann! Der Deutsche ist hinüber, und von den anderen wagt keiner auch nur einen

Gedanken daran zu verschwenden. Noch einen Drink?«

»Nein, danke«, sagte Kiko schnell und stand ebenfalls auf. »Wir verstehen uns?«

Er kam auf einmal ganz nah. In wilder Panik steckte Kiko ihre Hand in die Jackentasche und tastete nach dem kleinen Schalter. Sie fand ihn, als sie schon aufgeben wollte, und drückte ihn nach links. Das Band war aus.

»Keine Tricks, kleine Lady!« sagte Jerry halb spaßig, halb drohend. »Du weißt, ich bekomme alles heraus! Wo wir doch gerade angefangen haben, uns so gut zu verstehen! Dein Hotel?« fragte er streng. »Wo wohnst du?«

»Rama Ocean View«, antwortete Kiko nach heftigem inneren Hadern. Wahrscheinlich wußte er es längst. Ihr war in Sekundenschnelle kein Grund eingefallen, ihm die Auskunft zu verweigern.

Er öffnete die Türe. Tom und Nyoman, jeder in einer anderen Ecke der Kleiderkammer, standen pflichtschuldigst zwischen Bündel von Ikats und Ständern mit Designerklamotten auf. Die Neugierde sprang aus ihren Gesichtern.

»Du lieferst die kleine Lady sicher zu Hause ab, Nyoman«, befahl er. »Daß mir keine Klagen zu Ohren kommen! Wir werden uns morgen telefonisch mit ihr in Verbindung setzen, spätestens übermorgen.«

»Geht leider nicht«, brachte Kiko unter Aufbietung all ihrer Kräfte hervor. »Ich bin noch verabredet. Meine Partner – ihr versteht! Sie brennen darauf, informiert zu werden.«

»Dann bring sie zum Treffpunkt«, sagte Jerry. »Tom – zu mir nach hinten. Es gibt Arbeit!«

»Zum *Goa*«, sagte sie, kaum daß sie neben Nyoman im Wagen saß. Er war dabei, den schmutzigen Kleinbus aus einer winzigen Lücke auszuparken und fluchte leise in seiner Muttersprache. »Ich hab' es ziemlich eilig.«

»Alles gut gelaufen?« sagte er, als sie sich im Schrittempo auf der Hauptstraße entlangquälten.

»Ich denke«, erwiderte sie knapp.

»Und dein Versprechen?« Jetzt war seine Stimme flach und gepreßt. Selbst sein sonst tadelloses Englisch klang eingerostet. »Hast du dichtgehalten?«

»Würdest du mich besser kennen«, sagte Kiko, »dann käme dir eine Frage wie diese gar nicht in den Sinn.« Sie zwang sich, ihn anzulächeln. »Wir sind doch Partner, oder?«

»Ich hoffe«, sagte Nyoman nach einer Weile. »Ich kann es dir nur raten.«

»Wir sind da.« Kiko griff nach dem Türgriff. »Bemüh dich nicht!« sagte sie schnell, als er Anstalten machte, ebenfalls auszusteigen. »Ich finde meinen Weg allein.«

Mit klopfendem Herzen stolzierte sie zur Bar und bestellte einen Drink. Sie rührte in ihrem Glas und wartete eine zähe Viertelstunde. Dann zahlte sie und verließ das Lokal wieder.

Der blaue Kleinbus stand noch immer da. Unbeleuchtet. Es war zu dunkel, um hineinschauen zu können und ihr war nicht danach, ihm zu nahe zu kommen.

Kiko hielt ein Taxi an und ließ sich, wie verabredet, zum nächsten Zwischenstopp bringen. *Ken Kedes*, ein ziemlich grell aufgefitschter Laden, der erst vor ein paar Monaten aufgemacht und sich vom ersten

Tag an reger Beliebtheit beim ausländischen Publikum erfreut hatte. Sie hatte herausbekommen, daß das Lokal mit seiner bunten Beleuchtung und der hämmernden Musik besonders Japaner geradezu magisch anzog. Sie konnte nur beten, daß es auch an diesem Abend so sein würde.

Ein kurzer Blick nach hinten. Ihre Vermutung war richtig gewesen. Die Scheinwerfer leuchteten. Nyoman folgte ihnen in einiger Entfernung.

»Können Sie mich in einer halben Stunde hier wieder abholen? Vor dem Lokal?«

Der Taxifahrer nickte erfreut.

Zum Glück entdeckte sie gleich am ersten Tisch ein japanisches Gesicht, das ihr ausreichend gutmütig vorkam. Ohne lange zu überlegen, stürzte sie sich lächelnd auf den jungen, etwas dicklichen Mann, der ihre Attacke verwundert, aber nicht minder höflich zur Kenntnis nahm. Nachdem sie beide zu ihrem Bedauern festgestellt hatten, daß er nicht Herr Daruma aus Kyoto war, tauschten sie noch eine Weile artige Floskeln miteinander aus.

Nyoman, der den Wagen verlassen hatte und sich im Schutz der Markise der großen Fensterscheibe bis auf ein paar Schritte genähert hatte, mußte den Eindruck haben, daß sie sich kannten und intensiv unterhielten.

Zum Abschied schlug Kiko ihrem Gesprächspartner ein paarmal leicht auf den Oberarm, eine für Japaner vollkommen unübliche Geste. Sie hoffte, daß sie locker und vertraulich genug gewirkt hatte.

Dann stöckelte sie wieder mit ihrer Aktentasche ins Freie, in dem sicheren Bewußtsein, mehrere kleine Risse in die festgefügte Mauer männlichen japanischen Selbstverständnisses gerissen zu haben. Sie drehte sich nicht um.

Sie wußte auch so, daß ihr unfreiwilliger Gesprächspartner ihr mit offenem Mund nachstarrte.

Das Zittern hörte erst auf, als sie wieder im Hotel angekommen war. Erst kehrte das Gefühl in die Füße zurück, dann in die Beine. Sie starb beinahe vor Durst.

Nyoman hatte seine Verfolgung schließlich aufgegeben. Zwei weitere Stationen, *Dayu Japanese Restaurant,* wo Kiko quälend lang höflich-belanglosen Smalltalk mit der fetten Besitzerin gemacht hatte, und *O-Zone,* eine neueröffnete Bar für alle, die auf schwarzes Leder standen, hatten ihn wohl ermüdet und/oder von der Richtigkeit ihrer Angaben überzeugt.

Sie schlich mit bleischwerem Körper zu ihrem Bungalow, wo Sina und Hubsi, die absprachegemäß auf halber Strecke abgedreht hatten und ins *Ocean View* zurückgefahren waren, sie bereits ungeduldig erwarteten.

Es war nach halb zwei. Sie hatte nur noch winzige, unendlich müde Augenschlitze.

»Und, wie ist es gelaufen?«

Die kleine Japanerin ließ sich auf ihr Bett fallen und streifte die Pumps ab. Dann trank sie zwei große Gläser Mineralwasser.

»Gut, wie ich hoffe«, sagte sie und streckte Sina das Tonband entgegen. »Wenn man einmal davon absieht, daß ich zwischendrin ungefähr dreimal kurz davor war, einem Herzinfarkt zu erliegen. Eine Überraschung hab' ich doch: Jerry ist Gelbzahn! Und er hat mehr oder minder offen zugegeben, Martin ermordet zu haben. Beziehungsweise, er hat den Auftrag dazu erteilt. Muß alles auf dem Band sein. Er hat richtig damit angegeben. Ein widerlicher Typ!«

»Also, doch«, murmelte Sina. »Ich wußte es! Mein schlechtes Anfangsgefühl hat sich wieder einmal bewahrheitet. Was lehrt uns das? Vielleicht sollte ich meine Anwaltsplackerei aufgeben und als Kassandra tätig werden, was meint ihr?«

»Zuvor kannst du dich erst einmal als Organisationstalent beweisen«, mischte Hubsi sich ein. »Vorausgesetzt natürlich, unser Zeitplan läßt sich einhalten.«

»Läßt sich, wie es aussieht«, bekräftigte Kiko und begann sich aus dem Blazer zu schälen. »Sie wollen morgen hier im Hotel anrufen. Onkel Harry ist das Codewort. Wenn er aus dem Krankenhaus entlassen wird, kann die Sache steigen.«

»Einen Moment noch«, sagte Sina, obwohl sie darauf brannte, die Kassette abzuhören. »Was wird aus Nyoman? Muß Sris Familie weiterhin bangen?«

»Nein«, sagte Kiko nachdenklich. »Jerry macht nicht den Eindruck, als würde er bei solchen Dingen viel Zeit vergehen lassen. Da war noch so ein großer Typ mit dicken Fäusten. Rothaarig. Kam mir auch irgendwie bekannt vor. Den hat er zum Schluß in sein Zimmer beordert. Nachdem er mir Nyoman auf den Hals gehetzt hat. Wahrscheinlich zum letzten Mal. Ich kann mir vorstellen, daß er sich für immer von uns verabschiedet hat.«

»Tatsächlich?« fragte Hubsi. »So prompt?«

Kiko nickte und schob den verrutschten Träger ihres Hemdchens in einer mechanischen Geste wieder nach oben. Dann sah sie die beiden mit einem seltsamen Ausdruck an.

»Ein ganz merkwürdiges Gefühl, jemanden ans Messer zu liefern«, sagte sie bedrückt. »Egal, was er angestellt hat. Macht mir wirklich zu schaffen. Ich glaube nicht, daß ich mich daran gewöhnen könnte.«

»Das sollst du auch nicht«, erwiderte Sina. »Wäre schade um dich. Komm, Hubsi, wir lassen sie schlafen!«

An der mondbeschienenen Gabelung, wo die schmalen Wege zu ihren Bungalows sich trennten, blieben sie einen Moment unschlüssig stehen. Beide suchten nach Worten. Beide fanden sie nicht.

Mehr noch als seine Nähe erregte sie das Gefühl, er werde sich zurückziehen, sobald sie den ersten Schritt auf ihn zu machte. Sie hatte ihn zurückgewiesen, und jetzt bestrafte er sie durch demonstrative Zurückhaltung.

»Nacht«, sagte Hubsi und streifte mit seinen Lippen flüchtig Sinas Wange. »Wünsche, wohl zu ruhen! Ich glaube, wir haben Schlaf bitter nötig.«

Damit verschwand er in seiner Türe.

Mit nichts anderem hatte sie gerechnet. Enttäuscht war sie dennoch. Obwohl es natürlich blöd war. Widersinnig geradezu.

Aber diese weittragende Einsicht brachte sie keinen Schritt weiter.

20

Dann begann die Zeit des Wartens. Auf einmal begannen sich die Stunden, die noch am Tag zuvor hektisch verflogen waren, zu dehnen. Sina kam es wie eine halbe Ewigkeit vor, bis es endlich Nachmittag wurde und sie wieder in fernmündliche Verbindung mit Deutschland treten konnte.

Plötzlich übermannte sie die Sehnsucht nach Carlos spöttischer Stimme. So viele Abenteuer hatten sie gemeinsam überstanden! Und nun kam er ihr so unerreichbar vor wie auf einem fernen Stern.

Sie ließ bei seiner Privatnummer viele Male vergeblich klingeln und probierte es dann bei seinem Praxisanschluß. Aber sie erreichte nur seinen Anrufbeantworter. Die klare, freundliche Stimme seines Assistenten teilte ihr mit, daß Herr van Rees erst wieder ab Mitte November in München sei.

Das Herbstseminar in der Schweiz – natürlich! Jetzt fiel es ihr wieder ein. Eine seiner gut besuchten Einrichtungen, mit denen er Menschen in Krisensituationen half und eine Menge Geld verdiente.

Hanne als Trösterin war ihre zweite Wahl. Sina rief sie an, um alsbald festzustellen, daß die Gedanken ihrer Partnerin noch immer nur um ein einziges Thema kreisten: den göttergleichen Bill, vor kurzem erst dem Olymp der Supermänner entstiegen.

Ein winziges Restchen allgemeiner Anteilnahme schien sich gehalten zu haben.

»Wann willst du wieder in München sein?« fragte ihre Partnerin sie schließlich doch. »Dein Kater wird dich bald nicht mehr wiedererkennen!«

»Ich denke, in spätestens sechs Tagen«, antwortete Sina und vertrieb energisch die Vorstellung von Regen, Matsch und kaltem Wind. Keine gute Idee, genau dann heimzukehren, wenn das Jahr in den Winter trieb und die Tage immer mehr zusammenschnurrten. »Große Liebe stirbt nie. Taifun und mich kann nichts trennen.«

»Du stellst doch keinen Unsinn an?« fragte Hanne besorgt. »Mit dem schönen Wiener und deiner japanischen Freundin? Ich halte euren Plan noch immer für keine besonders geglückte Idee!«

Dazu ist es jetzt zu spät, dachte Sina. Wir könnten gar nicht mehr aufhören. Selbst, wenn wir wollten. »Hat sich Sabine Stegmann noch mal bei dir gemeldet?« fragte sie statt dessen.

»Hat sie«, bestätigte Hanne. »Gestern. Ein paarmal hat sie wohl vergeblich in deinem Hotel angerufen. Besetzte Leitungen, und ich weiß nicht, was noch alles. Sagte, daß sie dich unbedingt erreichen muß. Vollkommen aufgelöst klang sie, ganz außer sich. Vielleicht versuchst du es mal bei ihr in Italien.«

»Gut, mache ich«, versprach Sina. »Und die Stimmung in der Kanzlei? Was treiben unsere drei Grazien den ganzen Tag?«

Ein abgrundtiefes Seufzen war die Antwort. »Tilly ist nur halb zu gebrauchen, weil John in Irland weilt und dort seine alten Eltern zu Tode nervt, Marina hat neue alte Schwierigkeiten mit ihrem Vermieter. Und Anke? Anke leidet. Dickster Liebeskummer – wie gehabt. Ich bin praktisch ständig im Einsatz«, jammerte die andere. »Rund um die Uhr. Dabei hab' ich ja selber genug am Hals. More details?«

Sina lachte, verabschiedete sich und hängte ein.

Sie war viel zu hibbelig. Es hatte keinen Sinn, unruhig durch die Hotelanlage zu tigern. Sie brauchte dringend Auslauf, bis heute oder spätestens morgen abend weitere entscheidende Schritte zu unternehmen waren.

Sie entschied sich für ein spätes Mittagessen im *The Watergarden.* Und zwar allein.

Sie stieg in eines der vielen Taxis vor dem Hotel, mit der Gewißheit, daß Made Kasih in anderen Angelegenheiten für sie unterwegs war, und ließ sich zu dem Lokal fahren.

Auch bei Tag blieb der positive Ersteindruck bestehen. Sie bestellte sich Eistee und ein Gemüse-Tofu-Gericht und genoß die friedliche Stimmung. Die Sonnenstrahlen erinnerten sie an staubiges Gold, Libellen und Schmetterlinge tanzten um die Lotosblüten, und der warme, weiche Nachmittagswind hatte sich erhoben. Vor den Schwellen der kleinen Häuser und an den Wegkreuzungen war eine ältere Frau gerade dabei, die schon leicht derangierten Opfergaben des Morgens einzusammeln und gegen frische Reis-Blätter-Blüten-Gestecke einzutauschen. Zwei Mädchen schmückten die dicken Leiber der steinernen Gartenskulpturen mit schwarzweiß karierten Dämonenschürzen und befestigten Hibiskusblüten hinter ihren Ohren.

Ganz leise erklang Gamelanmusik. Es gab keinen Grund, aufzustehen und irgendwo anders hinzugehen.

Erst nach einer ganzen Weile wurde Ketut Pugig auf sie aufmerksam. Der umtriebige Gastronom hatte gerade mit seinem Architekten über eine mögliche Erweiterung der kleinen Anlage gesprochen. Probleme waren aufgetaucht. Die Kapazität des hiesigen Wassernetzes schien erschöpft. Jedenfalls wirkte sein fröhliches, rundes Gesicht eher bedrückt und hellte sich erst auf, als Sina allmählich mit ihrer Idee herauskam.

»Wahrscheinlich halten Sie mich für total verrückt«, sagte sie. »Und womöglich bin ich das auch. Wo ich Sie doch kaum kenne und umgekehrt. Aber wenn ich mich hier bei Ihnen umsehe, dann kommt mir der Gedanke, daß Sie der richtige Mann sind, den eine Freundin dringend brauchen könnte.«

In knappen Zügen und ohne Martins tragisches Ende näher zu beleuchten, berichtete sie von seiner geplanten Hotelanlage. Pugigs Augen wurden größer und glänzender, je länger sie über das Grundstück, seine Lage und Ausmaße sprach. Er schluckte, bevor er seinerseits zu fragen begann.

»Und Ihre Freundin«, sagte er in seinem bedächtigen, leicht nasalen Englisch. »Sie will auf Bali leben? Und das Hotel einmal selbst betreiben?«

»Keine Ahnung«, erwiderte Sina. »Kann ich mir nicht so recht vorstellen. Vor allem glaube ich, daß sie das zum jetzigen Zeitpunkt selbst nicht genau weiß. Ich hatte nur plötzlich das Gefühl, daß eins und eins drei ergeben würden, wenn Sie beide zusammenkämen. Versprechen kann ich allerdings nichts. Es wäre nicht mehr als ein Versuch, Sie mit Frau Stegmann zusammenzubringen.«

»Kein Versuch«, sagte Pugig langsam. »Sondern ein Traum. Einer, den ich schon mein ganzes Leben geträumt habe. *Tanah Air* sagen wir auf Bali. Und meinen damit Heimat oder Vaterland. Erde und Wasser heißt das in Ihrer Sprache, verstehen Sie? Etwas, das nie voneinander getrennt werden kann, weil es unbedingt zusammengehört.« Er machte eine kleine Pause und wies zum Meer, das beinahe golden glänzte. »So klingt das für mich, wenn Sie von dem Hotel sprechen.«

»Schön, wie Sie das sagen«, meinte Sina. »Hört sich ganz selbstverständlich an.«

»Ich will Sie nicht drängen«, erwiderte er und sah sie beinahe flehend an. »Aber Sie vergessen mich nicht, wenn Sie mit Ihrer Freundin sprechen? Sie sagen ihr meinen Namen?«

»Bestimmt«, sagte Sina und lächelte. »Sie können sich darauf verlassen. Ketut Pugig. Ein Name, den man nicht leicht vergißt.«

Sie erzählte Martins Schwester gleich davon. Die Frau am anderen Ende der Leitung reagierte zunächst so verhalten, daß Sina sich schon Vorwürfe wegen ihrer Voreiligkeit zu machen begann.

»Sind Sie noch dran?« fragte sie besorgt. »Oder haben Sie schon aufgelegt?«

»Woher wußten Sie?« stammelte Sabine Stegmann.

Sie hatte sich entschlossen, nach Bali zu kommen. Ein Neuanfang, wie sie sagte. Martins Bauprojekt durchziehen und an seiner Stelle vollenden, was er sich vorgenommen hatte.

»Finde ich großartig«, sagte Sina. »Und vielleicht haben wir ja bereits die Person gefunden, die Ihnen dabei unter die Arme greifen kann.«

»Und die andere Sache?« fragte Martins Schwester. »Ich mache mir solche Sorgen um Sie alle! Ich würde mir niemals verzeihen, wenn einem von Ihnen etwas zustoßen würde! Sind Sie wirklich sicher? Wollen Sie sich die ganze Sache nicht noch einmal überlegen?« bat sie.

»Bald ist ohnehin alles vorbei!« Sina bemühte sich, Ruhe und Zuversicht auszustrahlen. Am Klang ihrer Stimme hörte sie, daß es ihr nur mittelmäßig gelang.

Am Abend wurde Kiko ans Telefon gerufen. Sie verließ den kleinen Tisch am Pool in Richtung Telefonkabine.

Special Candlelight Dinner. Ihre besondere Situation hatte Sina, Hubsi und Kiko ans Hotel gefesselt, und sie waren auf Gedeih und Verderb den mäßigen folkloristischen Darbietungen ausgeliefert, die im Viertagesrhythmus wechselnd über die Gäste hereinbrachen. Die beiden Sänger, mit Röhrenhosen und Schmalztolle à la Elvis gestylt, einer zusätzlich mit Gitarre ausgerüstet, lieferten einen deprimierenden Querschnitt durch seichtes internationales Liedgut.

Nur der Maler und seine servile Begleiterin ein paar Tische von ihnen entfernt schienen entzückt. Er ließ es sich nicht nehmen, jugendlich-spontan aufzuspringen und einige Rupienscheine in die Hosentasche des älteren zu stecken, der daraufhin seine knödelnden Anstrengungen hörbar verstärkte.

Sie sangen so jämmerlich, wie sie spielten. Bevor sie damit anfingen, zweistimmig *Blowing in the Wind* zu verschandeln, war Kiko schon wieder zurück.

»Es klappt«, sagte sie aufgeregt. »Schon übermorgen. Jerry scheint es auf einmal ziemlich eilig zu haben. Ich habe ein bißchen gezögert und gesagt, daß ich mich mit meinem Kurier erst abstimmen müsse. Hat er schließlich geschluckt. So gründlich, daß es ihm gar nicht aufstieß, als ich eine Telefonnummer verlangte, unter der ich ihn erreichen kann. Hier!« Sie hielt einen kleinen Zettel in der Hand. »Scheint irgendwo in Kuta zu sein.«

»Ausgezeichnet!« sagte Sina. »Für wann hast du die Übergabe vereinbart?«

»Freitag«, sagte Kiko. »Ich rufe ihn gegen Mittag an. Bis dahin will er zurück sein. Dann vereinbaren wir Zeit und Ort.«

Sina blätterte in ihrem Notizbuch. »Um vier Uhr nachmittags geht dein Flieger«, sagte sie nachdenklich. »Das heißt, daß du nicht vor drei mit ihm sprechen solltest.« Sie begann zu grinsen.

Ausgesprochen dreckig, wie Hubsi kommentierte.

»Er wird sein letztes Telefonat mit dir nie vergessen, das schwöre ich dir!« sagte sie abschließend und ließ das Mangosorbet auf ihrer Zunge zergehen.

21

In der engen, sandgefüllten Arena vibrierte die Spannung. Mehr als ein Dutzend von den glockenförmigen Körben stand hinter Holzkisten, die man umgestülpt und zu primitiven Sitzen umfunktioniert hatte. Feste Böden, rauhes, vielfach zerkratztes Geflecht.

Allein der Inhalt zählte. Schwarze, stolze Hähne trippelten nervös in ihnen hin und her.

Es war nicht mehr lange bis zum Kampf, und der Platz, geschützt und von draußen nicht einsehbar in einem staubigen Kampong am Dorfende gelegen, bereits gut gefüllt. Ausschließlich Männer. Unter den vielen Balinesen, von denen einige extra aus den

Nachbardörfern gekommen waren, befanden sich nur zwei Ausländer.

Einer mit dunklem, fettigem Zopf, der andere ein rothaariger, sommersprossiger Riese.

Die Einheimischen machten einen großen Bogen um die beiden, wagten aber nicht, sie zum Gehen aufzufordern. In dem kleinen Ort an der Ostküste, wo der Tourismus bis jetzt noch nicht Fuß gefaßt hatte, wußte jeder um die Boote, die in unregelmäßigen Abständen nachts versteckte Buchten anliefen. Man bemühte sich, wegzusehen und den Mund zu halten.

Ab und zu fiel ein Handlangerdienst für die Fremden an. Den verrichtete man mit zusammengebissenen Zähnen, steckte das Geld ein und hoffte, bald die ersten Losmen am Strand bauen zu können.

Es war noch ein weiter Weg bis dorthin. Nachbarorte wie Candi Dasa oder Padang Bai, von wo aus die offiziellen Fährschiffe nach Lombok ausliefen, lockten die Gäste aus Singapur oder Australien, mit ihren Segeljachten am neuen, weit ins Meer hinausgebauten Landungssteg anzulegen. Das Dorf aber, mit seinen paar Fischerbooten und den Familiengehöften respektvoll ein ganzes Stück vom unheilbringenden großen Wasser errichtet, wurde davon kaum berührt.

Dazu kam der Wind, der hier an der Ostküste bisweilen unvermutet auffrischen konnte und die Wellen bis weit über die provisorische Uferbefestigung schwappen ließ. Schuld daran war der exzessive Korallenabbau, aus dem man in einem aufwendigen Verfahren relativ minderwertigen Kalk gewann. Seitdem hielt das Meer sich schadlos an dem weißen Strand und fraß mehr und mehr die Küste weg.

Die Chancen auf ein künftiges Ferienparadies, das

auch ihnen einigen Wohlstand versprach, sanken rapide.

Keiner der Männer kümmerte sich an diesem Abend um solch trübe Zukunftsaussichten. Ihr ganzes Interesse galt den Tieren, die von ihren Besitzern tagein, tagaus eitel bewacht, gepflegt und massiert wurden. Oftmals warteten sie nicht auf größere Veranstaltungen wie heute. Wo immer eine Traube Männer schreiend zusammenstand, konnte man sicher sein, daß dort ein Hahnenkampf stattfand.

Seit Beginn der achtziger Jahre waren solche Kämpfe, die lediglich aus Wettgründen stattfanden, auf Bali offiziell verboten. Ein Umstand, um den sich allerdings niemand scherte. Jetzt verlagerte man solche Zusammenkünfte an geschützte Plätze. Das aufgeregte Wetten der Zuschauer aber hatte sich ebensowenig verändert wie die anfeuernden »Tschock-Tschock-Tschock«-Rufe, mit denen die beiden Konkurrenten aufeinander gehetzt wurden.

Tom schaute zum wiederholten Mal auf seine protzige Taucheruhr. »Erst halb zehn«, brummte er. »Man könnte meinen, die Zeit bleibt heute stehen.«

Der andere bleckte seine Hauer. »Bist ja nervöser als 'ne Jungfrau beim ersten Mal«, entgegnete er träge. »Entspann dich, Mann! Alles o. k.! Wir haben noch gut anderthalb Stunden vor uns. Jetzt schauen wir uns dieses hübsche, kleine Gemetzel an, und anschließend fahren wir in aller Ruhe rüber zur Bucht. Einen Schluck Bier vielleicht?« Er streckte ihm seine Dose entgegen.

»Besten Dank«, lehnte Tom ab. »Bin nicht besonders durstig.«

In Wahrheit brummte ihm noch immer der Schädel

von der dreiviertel Flasche Bourbon, die er am Vorabend getrunken hatte. Und der vom Tag zuvor. Nur wenn er ausreichende Mengen Alkohol in sich hineingoß, kam die graue, dumpfe Schwere, die ihn für ein paar Stunden schlafen ließ.

Nyoman, diese zähe, kleine Ratte, war weder schnell noch einfach gestorben. Und schon gar nicht stumm. Seine spitzen Schreie, fast wie die eines verwundeten Marders, blieben Tom auf penetrante Weise im Ohr haften.

Und der Boß?

Jerry hatte die Nachricht vom Tod des Balinesen mit seinem üblichen Knurren aufgenommen. »Das wichtigste ist, daß seine Leiche nicht wieder auftaucht«, war sein einziger Kommentar gewesen, als er Tom die zwanzig grünen Hundertdollarnoten hinblätterte. »Als so 'ne Art Wiedergänger.« Sein kurzes, knatterndes Lachen, das schon bei vielen böse Ahnungen hervorgerufen hatte. »Ist nur die Anzahlung. Du weißt, daß wir erst nach dem Deal wieder flüssig sind.«

Toms Hals war steif, sein ganzer Rücken unbeweglich. Am Oberarm spürte er noch die Bißwunden, die Nyoman ihm im Todeskampf beigebracht hatte. Er hatte seinen Leichnam in der Nähe der Walkgruben eingebuddelt. Dort stank es so bestialisch nach Urin und Chemie, daß nicht einmal die armseligsten Balinesen nach Essensresten oder ähnlichem schnüffeln würden. Dort lag er sicher und gut.

Es war die erste Lieferung, die sie ohne Nyomans Hilfe entgegennahmen. Tom spuckte aus, aber der säuerliche Geschmack in seinem Mund blieb. Hätten sie den Verräter erst später beseitigen sollen?

Er spürte, daß auch Jerry relaxter tat, als er wirklich war. Wollte er damit beweisen, daß er noch immer der war, der anzuschaffen hatte? Oder begann Jerry fickrig zu werden, weil Nyoman, der sich an der Küste auskannte wie kein anderer, heute nicht dabei war?

Verdammt noch mal, sie brauchten ihn sowenig wie einen alten, stinkenden Fischkopf!

Wieder schielte Tom auf seine Uhr. Diesmal unauffälliger, wie er hoffte. Zehn nach halb zehn.

Und die Schwachköpfe hatten noch immer nicht den Hahnenkampf eröffnet.

Ausgerechnet an diesem Abend mußte Hubsi sie hängenlassen! Am Nachmittag war er plötzlich mit einem beinahe verlegenen Murmeln aufgebrochen und bislang noch nicht wieder ins Hotel zurückgekehrt.

Natürlich gab es keinen Grund, zumindest keinen rationalen, warum er ein weiteres, wenig ersprießliches Abendessen mit ihr in der Anlage absitzen sollte. Trotzdem nahm Sina ihm sein Fernbleiben übel.

Kiko war seit Sonnenuntergang ebenfalls auf der Piste. Offiziell, um den Schein zu wahren. In Wahrheit aber, weil sie eine Freundin aus Tokio treffen wollte, die auf einem der für viele Japaner so typischen Kurztrips kreuz und quer über das indonesische Archipel jettete. Drei Tage Bali, keine Stunde länger. Damit mußte alles Sehenswerte abgehakt sein, und es ging weiter nach Malaysia.

Die beiden wollten in Legian zusammen essen; Kiko hatte versprochen, nicht allzuspät wieder zurück zu sein.

Zum Glück gab es heute keine musikalischen Darbietungen zu verkraften, sondern nur *International Buffet.* Was bereits ausreichend war. Eine ziemlich traurige Angelegenheit mit überdimensionalen bräunlichroten Fleischbergen, die auf eifrige Griller warteten, Fertigsaucen, müdem Salat und bleichen Hühnerbeinen.

Sina stocherte lustlos in dem Krabben-Gemüse-Curry, das sie außerhalb des Hotels schon wesentlich schmackhafter gegessen hatte. Ein paar Augenblicke liebäugelte sie mit dem Salatteller, den ein paar Skandinavier am Nebentisch in sich hineinschaufelten. Dann aber besann sie sich doch eines Besseren. *Peel it, cook it or forget it,* der altbewährte Tropenspruch, der sie bislang so erfolgreich vor Bauchattacken und Schlimmerem bewahrt hatte, besaß auch in modernen Zeiten unvermindert seine Berechtigung.

Jetzt mußte das Boot bald sein Ziel erreicht haben. Den exakten Zeitplan wußte nicht einmal Made. Der Freund des Cousins seines Cousins, dem er als Sinas Bote die geforderten siebenhundert Dollar überbracht hatte, überzeugte ihn, daß es besser so sei.

Er hatte sich auch mit den beiden anderen abgesprochen, die in dieser Nacht ebenfalls zur Stelle sein würden.

Angst schien er nicht zu haben. Weder vor dem Meer noch vor den Fremden. Er wirkte, wie Made Sina berichtet hatte, mehr als froh, bei einigem Glück dem Kreislauf von Lieferung, Erpressung und neuer Lieferung entrinnen zu können.

Vorausgesetzt allerdings, alles lief nach Plan.

Und wenn er das Geld nun behielte und trotzdem Jerrys Kurier spielte, der brav lieferte?

Sina seufzte und bestellte sich nach dem vernünftigen Jasmintee doch noch eine Margarita. Spätestens morgen würden sie wissen, was seine Loyalität wirklich wert war.

Jeder Kampf war kurz, dafür aber um so blutiger. Plötzlich wurden die gegnerischen Hähne hochgehoben. Alles redete noch lauter durcheinander, wedelte mit Rupienscheinen, machte die letzten Wetteinsätze. An je einem Hahnenfuß wurde eine lange, rasiermesserscharfe Klinge befestigt. Danach kauerten sich die Besitzer mit ihren Gladiatoren in gegenüberliegende Ecken der Arena.

Wie wild begannen die Männer an den Hals- und Schwanzfedern ihres Kampftiers zu zupfen. Die Tiere gerieten sicht- und hörbar in Wut. In der Mitte des Sandplatzes prallten ihre Körper hart aufeinander.

»Ohh!« tönten die ekstatischen Stimmen. »Ahh! Ohh!«

Einer der Kampfhähne brach blutend zusammen. Es gab noch eine Chance für ihn in der nächsten Runde. Versagte er wieder, hatte er verloren. Nur einem Heißsporn, der mindestens vier Zusammenstöße überlebt hatte, winkte ein friedliches Leben auf dem Hühnerhof.

»Die werden nicht fett, was?« Jerry schien sich prächtig zu amüsieren. Tom, den das aufgeregte Schnattern der Männer und das Kreischen der Tiere unerwartet nervte, nickte unbehaglich. »Müssen wir nicht allmählich los?« fragte er. »Kann doch nicht schaden, wenn wir etwas früher dran sind.«

Der Amerikaner streckte seine Glieder. »Hummeln im Arsch?« Er grinste breit. »Na, dann komm«, sagte er. »Wenn du's gar nicht mehr erwarten kannst.«

Hesse turnte sie noch immer ab, und auch Vicky Baums *Liebe und Tod auf Bali* war wohl eher Lektüre für anders gestrickte Gemüter. Vor allem an einem Abend wie diesem.

Noch nie hatte Sina Teufel während ihrer Ferien so wenig gelesen. Noch niemals sich so dauerhaft Sorgen gemacht. Sie hatte ihren ersten Schmerz, daß und vor allem *wie* Martin gestorben war, überstanden. Und sie besaß Jerrys prahlerisches Geständnis auf Band.

Aber Martin war ihr im turbulenten Verlauf der Ereignisse immer ferner gerückt. Jetzt wußte sie manchmal gar nicht mehr, was für ein Mensch der Mann gewesen war, den sie lange Jahre für ihren Freund gehalten hatte.

»Da kommt es! Dort hinten! Hörst du nichts? Das muß es sein!«

Ein paar Wolken hatten sich vor die bleiche Mondsichel geschoben. Der Wind frischte auf. Jetzt, wo die Flut einsetzte, gab es starken Wellengang. Vor allem hier an der Ostküste, die berühmt für ihre gefährlichen Unterströmungen war.

Die Bucht, tief zwischen Felsen eingeschnitten, hatte einen dünnen, weißen Sandstreifen. Sie war von beiden Seiten geschützt, schwer zugänglich und daher relativ sicher. Nur wenn man ein Stück nach oben kletterte, hatte man einigermaßen gute Sicht auf Meer und Horizont.

Dazu war es jetzt allerdings zu dunkel. Nach ein paar sternenklaren Nächten war der Himmel grau und trüb. Regen lag in der Luft. Schon wieder. Und wieder viel zu früh im Jahr.

Draußen auf dem schwarzen Wasser hörten sie einen

Motor näher kommen. Wenn man sich sehr anstrengte, konnte man auch die Silhouette eines kleinen Bootes erkennen. Nicht größer als die Fischerkähne, mit denen die Bewohner der Dörfer hier jede Nacht rausfuhren.

Der Motor stotterte, wurde unregelmäßig, brach ab. Jetzt hörte man nur noch die Wellen, die sich am Ufer brachen.

»Was ist das?« fragte Tom. »Warum zum Teufel kommt er nicht näher?«

»Wahrscheinlich versucht er, den Strand langsam anzulaufen. Ohne Aufhebens«, erwiderte Jerry. Die Nervosität des anderen machte ihn schon seit Stunden verrückt. Hätte es nicht das leidige Transportproblem gegeben, er wäre besser alleine hierhergekommen.

»Da, er scheint zu winken! Ein Licht!«

Der Mann in dem Boot machte mit einer Taschenlampe kreisende Armbewegungen und rief ihnen etwas Unverständliches zu. Dann bückte er sich und tauchte erst nach ein paar Augenblicken wieder auf. Erneut ruderte er verzweifelt mit den Armen.

»Jerry«, sagte Tom vorsichtig. »Siehst du auch, was ich sehe?«

»Kannst du nicht einen einzigen Augenblick dein Maul halten? Laß den Mann doch erst einmal in Ruhe ankommen, dann können wir uns über ihn unterhalten!«

Aber der Mann kam nicht an.

Das Boot wurde von den Wellen ein gutes Stück nach links getrieben, so daß es nur noch zum Teil in ihrem Sichtfeld war. Es schien tiefer zu liegen. Viel tiefer.

Der Seegang hatte sich verstärkt. Die Wellen kamen groß und bedrohlich. Dunkle, steile Wasserwände.

Was sie von dem Kahn noch sehen konnten, hing jetzt schief und kläglich im Wasser.

Wieder rief der Mann. Nein, er schrie ihnen etwas zu. Keine Chance, irgend etwas zu verstehen. Der Wind zerschnitt seine Worte in Zischen und Gurgeln.

»Da stimmt was nicht!« platzte Tom trotz Jerrys Zurechtweisung heraus. »Mann, da ist was faul!«

Panik ergriff ihn, die ihm die Kehle zuschnürte und ihn wie eine Welle überrollte, gewaltiger, als die großen schwarzen Brecher vor ihnen.

Das kleine Boot begann sich wie ein Kreisel zu drehen. Sein Insasse verlor das Gleichgewicht und schwankte von einer Seite zur anderen. Er fiel ein paarmal hin, rappelte sich auf, stürzte wieder.

Jetzt fand auch Jerry seine Sprache wieder. »Es sinkt!« flüsterte er. »Verdammt! Es sinkt!«

Er rannte zum Wasser und zerrte an seinen Klamotten.

»So allein, schöne Frau?«

Hubsi war zurück. Verschwitzt, klebrig, strahlend. Wie ein Pirat, der gerade ein Abenteuer überstanden hat. Erfolgreich, versteht sich.

»Auch schon da?« gab Sina zurück und ärgerte sich, wie dünn und flach ihre Stimme klang.

»Ja«, sagte er und zog sich einen Stuhl heran. Sina hatte sich unter das große, offene Palmendach geflüchtet. Dräuende Wolken. Sah schwer nach Regen aus.

Hubsi schien ganz in seinem Element. »War ganz

schön anstrengend, meine kleine Exkursion!« grinste er. »Aber ich glaube, sie hat sich gelohnt.«

Den Ober mit den beeindruckenden Segelohren schickte er nach einem großen Bier los und goß es hinunter, kaum, daß es vor ihm stand. Dann sah er Sina aufmerksam an.

»Irgend etwas nicht in Ordnung?« fragte er. »Oder bilde ich sie mir bloß ein, die bösen Schatten, die deine sagenhaften Nachtaugen verdunkeln?«

»Laß doch!« wehrte Sina ärgerlich ab. »Heute kann ich blöde Sprüche beim besten Willen nicht ertragen.«

Er bestellte ein zweites Bier und trank schweigend. »Wollen wir uns wieder vertragen?« sagte er dann sehr sanft.

»Meinst du, wir haben einen Fehler gemacht?« platzte Sina heraus. »Ich meine, habe *ich* nicht doch einen Fehler gemacht? Kann die ganze Sache überhaupt gutgehen? Und dieses Wetter noch dazu!«

Ein Gewitter zog auf. Der Himmel war schwarz, an manchen Stellen beinahe grün. Man hörte das schwere Brechen der Wellen, das auf einmal beunruhigend nah klang.

»Das ist nichts anderes als Lampenfieber«, sagte Hubsi und streichelte beruhigend ihren Arm. »Genau das, was zu einer spannenden Premiere dazugehört.«

»Aber wir sind nicht im Theater«, murmelte Sina und starrte an ihm vorbei in die Dunkelheit.

Krachend entlud sich der erste mächtige Donner.

»Bist du verrückt geworden?« Tom hielt ihn mit Mühe zurück. »Du kannst dich doch kaum über Wasser halten! Gegen die Flut kommst du niemals an.

Schon gar nicht bei den Gegenströmungen hier vor der Küste!«

»Und warum bist du dann nicht schon längst im Meer, du tolles Surfgenie?« jaulte der andere. Seine künstliche Ruhe war verschwunden. An dem wilden Hüpfen seines Adamsapfels erkannte Tom, wie aufgeregt er war.

»Mach schon, Schwachkopf!« schrie Jerry. »Siehst du nicht, was da vor unseren Augen versinkt? Zehn Kilo! Unsere schöne Viertelmillion!«

Er gab ihm einen heftigen Schubs. Tom taumelte nach vorn.

»Los, rein mit dir! Schwimm hin und sieh nach, was los ist!« blaffte Jerry.

»Faß mich nicht an!« Wie ein gereizter Bulle wich Tom ihm aus und tänzelte zur Seite. Dann starrte er wieder auf das Meer hinaus.

»Das Boot!« sagte er heiser. »Es ist weg!«

Aber hinter dem nächsten Wellenkamm tauchte es wieder auf. Allerdings umgestürzt. Mit dem Bug obenauf.

An ihn geklammert der Mann, der vom Ufer aus lächerlich verloren wirkte.

»Herr des Himmels!« Hubsi war besorgt wie ein ganzes Bataillon von Heilsarmisten. »Die junge Frau steckt in einer ausgewachsenen Krise! Was machen wir denn da? Die wievielte Margarita?« Seine Stimme hatte auf einmal einen strengen Unterton.

»Die dritte«, antwortete Sina bockig. »Aber das ist es nicht, du Ignorant! Schiß habe ich, sonst nichts. Ich muß verrückt gewesen sein, mich auf solch ein Unternehmen einzulassen!« Sie schrak zusammen, als der

Wind knatternd die Palmenwipfel beugte. »Und jetzt kommt auch noch ein Sturm auf! Hörst du es?«

»Gehen wir«, sagte Hubsi und zog sie halb vom Stuhl. »Sehe schon, Alarmstufe zwei. Gleich kreischen die Sirenen, und dann wird wieder die Zugbrücke runtergelassen. Wir müssen andere Maßnahmen ergreifen.«

Wie ein Kind nahm er sie an die Hand, und Sina ließ es geschehen. Seine Nähe war warm und tröstlich. Genau das, was sie heute abend brauchte.

Sie verzichteten auf die übliche Diskussion an der Weggabelung und bogen gleich in den kleinen Pfad ein, der zu ihrem Bungalow führte.

»Etwas zu trinken?« fragte Sina, als sie beide ziemlich schweigsam an dem kleinen Tisch auf der Veranda saßen. »Wenn du willst, kann ich den Zimmerservice anrufen.«

»Dich«, sagte er und sah sie unverwandt an. »Vom ersten Augenblick an. Und noch immer. Es sei denn, dein merkwürdiges Verdikt ist noch in Kraft.«

Sie mußte grinsen. »Du kannst ganz schön boshaft sein«, sagte sie und angelte nach seinem Fuß. »Jetzt könnte ich beispielsweise sagen: Was kümmert mich mein dummes Geschwätz von gestern?«

Hubsi löste sanft ihre Hand und hielt sie fest. »Bitte«, sagte er heiser. »Nicht wieder ausbüchsen! Ich möchte jetzt nicht reden.« Er senkte seine Lider, deutete nach drinnen und gab ihr einen aufmunternden Stups. »Komm, Sina! Ich glaube, es wird langsam Zeit.«

Der Sog war unglaublich.

Tom spürte ihn wie eine feindliche Macht unter

sich, die ohne Unterlaß an seiner Kraft und seiner Ausdauer fraß. Obwohl er bestrebt war, unter den Wellen durchzutauchen, hatten ihn schon einige der großen Brecher voll erwischt. Hustend, den Mund voller Salzwasser, war er wie in Zeitlupe wieder nach oben gekommen. Das umgekippte Boot schien Lichtjahre entfernt.

Seine Boxershorts hingen ihm in den Kniekehlen; Hemd und Hose hatte er sich bereits am Strand vom Leib gerissen. Die Donnerschläge folgten rascher aufeinander. Unweit von ihm zuckte ein greller Blitz ins Wasser.

Er kniff die Augen zu. Nackt und schutzlos fühlte er sich den Elementen ausgesetzt.

Endlich war er nah genug, um den Schiffbrüchigen erkennen zu können. Es war der dunkle, kräftige Balinese, der schon ein paarmal Kurierdienste für Nyoman geleistet hatte. Puncak war sein Name. Komisch, daß er sich gerade jetzt daran erinnerte.

Er hing an dem Bug und hatte die Augen halb geschlossen.

»Wo ist das Heroin?« Tom mußte schreien, weil ihn die nächste Welle wieder ein ganzes Stück weggetragen hatte.

Der andere gab keine Antwort. Ob er überhaupt Englisch verstand? Tom versuchte es auf indonesisch. Nicht das geringste Zeichen einer Reaktion.

Tom kämpfte gegen das Gefühl schwarzer Hoffnungslosigkeit an, das in ihm aufstieg, und ruderte verzweifelt gegen die Strömung. Der verdammte Jerry saß sicher und trocken am Ufer, und er strampelte sich hier die Seele aus dem Leib!

Der Sturm war stärker geworden. Gischt klatschte

in sein Gesicht, und seine Haut brannte vor Salz. Wie eine Streichholzschachtel schaukelte das kleine Ding vor ihm auf und ab. Es konnte nur eine Frage von Minuten sein, bis der andere die Kraft verlieren und loslassen würde.

Ihr Rock lag auf dem Boden neben dem Bett. Sie trug nur noch den sündigen Body mit dem Wahnsinnsausschnitt.

Er begann bei ihren Füßen und arbeitete sich quälend langsam empor, über Waden, Knie und Schenkel. Innen, die ganz empfindlichen Stellen.

»Du bist süß«, flüsterte Sina, hin- und hergerissen zwischen aufsteigender Lust und einem unwahrscheinlichen Kitzelreiz. »Aber doch hoffentlich kein Perverser, der nur auf Frauenbeine steht?«

»Wie pervers hättest du es denn gern?« flüsterte Hubsi zurück und konzentrierte sich auf ihren Nabel. Durch die dünne Seide spürte sie seine Lippen. Weich und voll. Keine Stoppeln, die störend gekratzt hätten.

Plötzlich alarmiert fuhr Sina hoch. Er mußte sich unterwegs rasiert haben. Mistkerl! Hatte er den Ausgang des Abends bereits geplant?

Mit sanfter Gewalt drückte er sie wieder nach unten.

»Endlich ist es wieder voll auf dem Posten«, sagte er spöttisch. »Ich hab' mich schon gewundert, wo es so lange geblieben ist, dein gutes, altes Über-Ich. Immer so brav bei der Stange! Und was sagt es? Achtung, Achtung, Achtung?«

»Ich hasse Männer, die sich über mich lustig machen«, sagte Sina und biß zur Strafe kräftig in sein Ohr. »Ganz besonders im Bett.«

»Aua! Daß du eine Teufelin bist, wußte ich. Daß du auch kannibalistische Gelüste verspürst, ist mir neu.«

»Man lernt eben nie aus.« Sie mußte lachen. »Ich möchte, daß du richtig leidest. Und außerdem bin ich gar nicht sicher, daß wir zueinander passen.«

Sie strampelte und versuchte, seitlich unter ihm wegzurutschen. »Vielleicht ist es nichts als ein großer Irrtum.«

»Wenn das ein Irrtum ist...«, murmelte er erregt und fummelte an den kleinen Druckknöpfen im Schritt.

Sina zuckte zusammen, als er ihr heißes Fleisch berührte. Dann entspannte sie sich und wurde gelöst und weich.

»... gelobe ich feierlich, für den Rest meines Lebens nur noch Irrtümer zu begehen«, flüsterte er. »Amen!«

Da! Tom konnte kaum seinen Augen trauen. Vor ihm trieb eines der dick mit Ölzeug umwickelten Pakete. Ein Kilo Stoff. Kaum der Rede wert, wenn man an die restlichen neun dachte, die im Meer versunken waren, aber immer noch eine Menge Geld.

Mit hastigen Kraulzügen setzte er hinterher und bekam es tatsächlich zu fassen. Schwer und glitschig fühlte es sich an. Bis zur nächsten Welle, die ihn unter sich begrub wie einen Stein.

Es dauerte lange, bis er diesmal wieder hochkam. Er war außer Atem und nackt, das Paket unwiederbringlich in der Tiefe verschwunden.

Trotz seiner Übelkeit zwang er sich, über die Schulter Ausschau nach dem Boot zu halten. Es schien weiter entfernt denn je. Von dem Typen war keine Spur mehr zu sehen.

Tränen der Wut drängten in seine Augen, aber er besaß nicht mehr die Kraft, um zuzuschlagen. Wen hätte er hier auch treffen können – allein im tosenden Meer?

Er spürte, wie erschöpft er war. Jede Bewegung war schwer, und das Wasser schien sich mehr und mehr in sprödes, störrisches Glas zu verwandeln. *Kelod* fiel ihm ein, jener komische Begriff, mit dem Nyoman damals so herumorakelt hatte. *Das Meer, der Westen, das Böse.*

Sein müder Körper verstand auf einmal, was damit gemeint war. Tom versuchte, seine Arme zu entspannen und intensivierte die Beinarbeit.

Er war langsamer geworden. Sein Atem ging pfeifend. Jetzt kam es nur noch darauf an, das Ufer zu erreichen. Und Jerry, diesen Idioten, der ihm die ganze Sache eingebrockt hatte.

Die nächste Welle schwappte über ihn hinweg. An seinen schmerzenden Schultern und lahmen Beinen spürte Tom, daß es verdammt knapp werden würde.

Sie mußten beide eingeschlafen sein. Es war stockfinster im Raum, als sie wieder aufwachten, Sina ein paar Atemzüge vor Hubsi. Die grünen Zeiger des Reiseweckers standen auf halb drei.

»Meinst du, es ist schon vorbei?« Sie angelte nach der halbleeren Packung auf dem Nachtkästchen.

»Das will ich doch nicht hoffen«, erwiderte er und nahm ihr zärtlich die Zigarette wieder aus dem Mund. Er küßte ihre Nasenspitze. »Ich finde, du solltest lieber mal in meiner Hosentasche nachsehen!«

»Warum?«

»Da steckt mein Ersatzkondom drin«, strahlte er. »Das, was wir jetzt am dringendsten brauchen!«

Es war wirklich knapp gewesen. Wenig mehr, und ihre Ladung hätte aus einem Ertrunkenen bestanden. Die beiden Männer im Ersatzboot, mit gedrosseltem Motor vor der Nachbarbucht in Bereitschaft, wollten zur Bergung schon losfahren.

Plötzlich entdeckten sie den Kopf des Schwimmers. Damit hatte niemand gerechnet. Nicht bei diesem Wellengang. Nicht bei diesem Sturm.

Bestürzt, dann zunehmend nervöser verfolgten die Männer sein beharrliches Ankämpfen gegen die übermächtigen Wasserberge.

Der Fremde ließ nicht locker. Unermüdlich, mit verblüffender Kraft und Sturheit, versuchte er, sich dem umgestürzten Boot zu nähern. Wieder und wieder wurde er abgetrieben.

Dann, auf einmal, hatte er es geschafft. Zwei Köpfe neben dem Bug. Alles schien verloren.

Nachstürzende Wassermassen überspülten ihn.

Es dauerte lange, bis er wieder nach oben kam, zum Glück dieses Mal weit genug von dem Schiffbrüchigen entfernt.

Sie wagten nicht, noch länger zu warten. Sie jagten den Motor hoch und vertrauten darauf, daß das Pfeifen des Windes und das Klatschen der Wellen sein Aufjaulen übertönen würden.

Puncak besaß keine Kraft mehr. Blaue Lippen, glasiger Blick.

Mit Mühe gelang es ihnen, ihn in ihr Boot zu ziehen. Er sah mitleiderregend aus und zitterte am ganzen Körper. Sie rissen seine nassen Kleider herunter, hüllten ihn in eine Decke und flößten ihm Arrak ein. Dann gaben sie Vollgas in Richtung Küste.

Der Schwimmer war nirgends mehr zu sehen.

Jerry wartete, daß der Kopf wieder hochkommen würde. Dort drüben hatte er ihn gerade noch gesehen, dem Strand und damit ihm schon ein ganzes Stück näher.

Wahrscheinlich war Tom wieder untergetaucht, um dem nächsten Wasserschwall zu entgehen.

Es war mehr als eine Ahnung, die bitter und klar in ihm aufstieg. Nyomans schnelles Ende war ein Fehler gewesen. Unverzeihlich.

Tom blieb verdammt lang unten.

Der umgestürzte Kahn war so weit nach draußen getrieben, daß Jerry ihn mit bloßem Auge nicht mehr erkennen konnte. Über das Schicksal des Schiffbrüchigen machte er sich keinen Augenblick Gedanken.

Wohl aber über den Verlust der Ladung. Er hatte alles riskiert.

Er hatte alles verloren.

22

Natürlich waren alle Telefonkabinen am Flughafen besetzt. Von Dauerquatschern offensichtlich. Sie mußte eine Zeitlang warten, bis sich endlich einer bequemte, seinen Platz zu räumen.

Kiko, bereits eingecheckt und von Koffer und Reisetasche befreit, trippelte nervös hin und her.

»Ist immer dasselbe mit mir«, kicherte sie. »Reisefieber im schlimmsten Stadium! Schon die Nacht zuvor bekomme ich kein Auge zu. Das Gefühl ist beinahe so prickelnd wie frisch verliebt sein.«

Sie wußte, worauf sie anspielte. Kein einziger der

zärtlichen Blicke zwischen Sina und Hubsi war ihr heute morgen entgangen.

»Nun aber los!« drängte Hubsi. »Dein Flug wird gleich aufgerufen. Meinst du nicht, du hast Jerry lange genug im eigenen Saft schmoren lassen?«

Von Made hatten sie erfahren, daß der nächtliche Coup geklappt hatte. Das Loch im Boot, das planmäßige Verschwinden der kostbaren Ladung, die anschließende Rettungsaktion des Kuriers mit dem zweiten Boot.

Und er hielt nicht damit zurück, wie knapp es ausgegangen war. Der Schock bei allen Beteiligten saß noch tief. Mit einem Tom, der sich bei derartigem Wellengang ins Meer stürzen würde, hatte niemand gerechnet.

Sina überfiel ein Frösteln, wenn sie daran dachte. Und wenn Puncak nun ebenfalls etwas zugestoßen wäre?

»Ruf ihn endlich an!« sagte sie forscher, als ihr wirklich zumute war. »Damit wir es hinter uns haben. Endgültig.«

Er war da. Er schien geradezu in der Leitung gesessen zu haben.

»Ja?« Seine gedehnte Sprechweise verriet nichts von seiner Anspannung.

»Jerry? Ich bin's, Kiko«, sagte sie betont munter. »Wir wollten unser Rendezvous vereinbaren. Sagen wir, heute abend gegen zehn?« Sie ließ ein kleines Lachen los. »Gleiche Zeit, gleicher Ort?«

Er hüstelte. »Hör mal«, sagte er dann. »Es gibt eine kleine Abweichung.« Er hielt inne.

Sie hörte, wie er heftig auf seinem Kaugummi herumbiß.

»Ich höre«, sagte sie. »Welche?«

»Es sind ein paar Schwierigkeiten aufgetaucht«, begann er zu nuscheln. »Ganz unerwartet. Nichts Ernstes, nur ein paar kleine ...« Je länger er redete, desto unverständlicher wurde er.

»Was für Schwierigkeiten?« fragte Kiko cool. Sie hatte den entsprechenden Tonfall während des ganzen Frühstücks mit Sina und Hubsi geübt.

Jerry schluckte mehrmals. »Ich kann erst morgen liefern«, sagte er matt. »Vielleicht auch erst übermorgen.«

»Vergiß es!« Kiko wurde eisig. »Ich suche eine Line, die funktioniert. Professionell. Mit Abmachungen, an die sich beide Partner gebunden fühlen. Meine Interessenten haben keine Lust auf Experimente.«

»Aber es geht doch nur um ein, zwei Tage.« Er winselte. »Spätestens übermorgen hast du, was du willst! Vertrau mir!«

»Das tu ich eben nicht«, erwiderte Kiko.

Sina nickte ungeduldig und machte die Geste des Auflegens.

»Wo steckst du?« fragte er. »Wo kann ich dich erreichen?«

»Nirgendwo«, sagte Kiko. »Das war's dann! War nett, dich kennengelernt zu haben. Bye, Jerry, bye! Viel Glück noch!« Und legte auf.

»Wir waren so ein tolles Team – und du eine hervorragende Einzelkämpferin!« Sina löste die Kette von ihrem Hals und hängte Kiko Martins silbernen Elefanten um. »Jetzt kann ich mich nicht einmal mehr richtig bei dir bedanken!«

Sie hielt die kleine Japanerin fest umschlungen. Beide bemühten sich um einen heiteren Ton.

»Doch, kannst du!« protestierte die andere. »Allerspätestens, wenn ich dich in München heimsuche. Du weißt doch, ich bin ein Reise-Freak!«

Kiko machte sich los und küßte Hubsi zum Abschied auf beide Backen.

»Behalt sie fest im Auge!« sagte sie halblaut. »Wird nicht einfach mit ihr werden. Ausgeprägter Fluchttrieb und so weiter.«

»Ich weiß schon«, lächelte er. »Trotzdem danke für den guten Tip.«

»Wie lange bleibt ihr noch, ihr zwei Turteltäubchen?« rief Kiko, als sie die Sperre schon passiert hatte. Ihre Maschine war zum zweiten Mal aufgerufen worden. Die Passagiere drängten ungeduldig dem Ausgang zu.

Sina zog die Schultern hoch. »Ein, zwei Tage«, sagte sie. »Vielleicht auch noch ein bißchen länger.« Sie legte ihren Arm um Hubsis Hüfte. »Kommt ganz darauf an, wie's läuft.«

Alle winkten. Dann verschwand Kiko im Bus.

In *Mades Warung* herrschte das gewohnte allabendliche Chaos. Scharen von Gästen, die unbedingt noch einen Platz ergattern wollten; *beautiful people,* die vor halbleeren Gläsern ihre angestammten Stühle behaupteten.

Der Ventilator pflügte wacker die alkohol- und zigarettengeschwängerte Luft, Eric Clapton wimmerte wie gehabt, die Kellner brachten noch immer jeden Teller einzeln.

Sina und Hubsi hatten von ihrem Tisch aus einen ausgezeichneten Blick auf das gesamte Geschehen. Ihr letzter Abend.

»Wird mir richtig fehlen hier«, sagte sie und rührte in ihrer Margarita.

»Ich?« fragte er zurück.

»Du auch. Vielleicht«, sagte sie schnell. »Ich meine *Mades*, und alles, was so dazugehört.«

»Wir könnten wiederkommen«, schlug er vor. »Bald, wenn du magst. Und Sabine Stegmann dabei zuschauen, wie sie die Träume ihres Bruders verwirklicht. Bin gespannt, ob ihr Plan klappt, Sris Familie mit Schnitzarbeiten zu beschäftigen! Aber das setzt natürlich voraus, daß du mal wieder Ferien machst. Mit einem Mann, meine ich.«

Er ließ sie nicht aus den Augen.

»Schon möglich«, sagte Sina undurchsichtig. »Wäre durchaus denkbar.«

Sie lächelte und schaute sich im Lokal um. »Keine Spur von Jerry«, sagte sie. »Sein Traum ist ausgeträumt. Schätze, es wird ihm in Kuta nicht besonders gutgehen ohne Stammlokal, ohne Leibgarde, ohne Stoff und ohne Kohle.«

»Wahrscheinlich nicht. Der ist erledigt. Nur eine Frage der Zeit, wann er hier seine Zelte abbrechen muß. Schätze, es wird nicht lange dauern.« Hubsi reckte seinen Hals und grinste. »Dort drüben serviert der junge Ober, der damals so servil vor ihm gekrochen ist. Hast du Lust auf einen kleinen Test?«

Sina runzelte erstaunt die Brauen.

Er winkte, und der kleine Balinese kam an ihren Tisch. Wie alle vom Stuff trug er heute abend das leuchtendblaue T-Shirt mit dem schwungvollen Namenszug des Lokals.

»Ja?« Er sprach Deutsch. Kein Anfänger, sondern einer vom Fach, der ihre Nationalität erkannt hatte.

»Wo ist Jerry?« wollte Hubsi wissen. »Jerry, der Amerikaner mit dem Zopf, der immer hier war! Praktisch jeden Abend. Ich kann ihn nirgends entdecken!«

»Jerry?« Auf dem glatten, bräunlichen Gesicht wechselten ein paar Stimmungen schnell hintereinander. Schließlich trug ein Ausdruck der Unwissenheit den Sieg davon.

»Jerry?« wiederholte der junge Mann abermals und sah sie an. Mit sehr dunklen, sehr unschuldsvollen Augen. »Ich kenne keinen Jerry, sorry! Nie gehört! Wer soll das sein?«

23

Die Kiste war aus Holz und ging ihr beinahe bis zur Brust. Frau Weber, die nette Nachbarin von gegenüber, hatte sie entgegengenommen.

Mit Carlos Hilfe hievte Sina sie am Abend rüber in ihre Wohnung. Dann machten sie sich zusammen ans Auspacken.

Schichten von Sägespänen, die Taifun ausgiebig beschnüffelte. Holzwolle, schließlich festes braunes Packpapier.

»Ich glaub' es nicht!« rief Sina, als sie es aufgerissen hatte und auf etwas Hartes stieß. »Die Löwen! Das darf doch nicht wahr sein!«

Neugierig spähte Carlo über ihre Schulter.

»Schöne Stücke!« rief er. »Kompliment! Hat dir dein Programm doch Zeit für ein bißchen Kunst gelassen?« Seine Augen blitzten boshaft. »Gar keine Reue über das Eingreifen in menschliche Schicksale, nein?«

»Das gehört nicht hierher«, antwortete Sina scharf. An diesem Punkt würde sie sicherlich noch eine ganze Weile herumzukauen haben. Vielleicht ergab sich später einmal eine Gelegenheit, mit ihm darüber zu sprechen. Jetzt mußte sie erst einmal mit sich selbst ins reine kommen.

Sie zog den ersten der beiden Holzlöwen heraus. »Das war Hubsi«, sagte sie. »Am Abend des großen Coups. So ein Spinner!«

Carlo ging auf ihren Themenwechsel ein. »Scheint ernsthafte Absichten zu haben, der junge Mann«, kommentierte er und befreite den hölzernen Bruder ebenfalls aus der Kiste. »Geschmack zumindest kann man ihm nicht absprechen!«

»Was hast du denn gedacht?« protestierte Sina. »Würde er sich sonst für mich interessieren?«

»Und wie geht's weiter?« fragte er. »Hält er sich? Ich meine, auf Dauer?«

»Das geht dich gar nichts an. Privateste Privatsache sozusagen.«

Die ersten Telefonate waren erfreulich verlaufen. Das letzte so lala. Vierhundert Kilometer können ganz schön weit sein, wenn der Alltag seine stumpfen Klauen wieder ausgestreckt hat. Hanne war mit einer Fetzengrippe aus Vilnius zurückgekehrt. Glücklich, aber geschwächt. Bills Stern erstrahlte heller denn je.

Jetzt war es wieder an Sina, die Dompteuse ihres Kanzleizirkus abzugeben. Der Laden boomte; zaghaft machten sich bereits wieder erste Frustansätze bemerkbar. Wieviel Platz da noch für einen Wiener Lover bleiben würde, stand in den Sternen.

Neben ihr begann Taifun zu schnurren. Er hatte die Neuzugänge akzeptiert.

Die Löwen waren fröhlich und bunt. Plötzlich besaß der ganze Raum mehr Farbe und Weite. Man konnte beinahe vergessen, daß draußen der Nieselregen in feinen Schneefall übergegangen war.

»Hast du Lust, Sabine Stegmanns Brief zu lesen?« fragte sie.

Carlo nickte neugierig.

»Hier.« Sie reichte ihm die blauen, engbeschriebenen Blätter. »Ist schon verrückt«, sagte sie nachdenklich. »Die Handschrift ist nahezu identisch mit Martins.«

Liebe Sina,

mein neues Leben ist bunt und aufregend! Eine Unmenge von Formalitäten ist noch zu erledigen, aber ich komme mit dem Architekten (toi, toi, toi!) gut zurecht. Tausend Dank für Mr. Pugig! Ein echter Schatz! Ohne den wäre ich hier wirklich aufgeschmissen!

Aber ich will Sie nicht mit meinen belanglosen Alltagssorgen behelligen, sondern Ihnen von der großen Cremation für Sri und Martin berichten, die vor ein paar Tagen in Peliatan stattgefunden hat. Obwohl ich kein religiöser Mensch bin, werde ich die Eindrücke dieses Tages niemals vergessen!

Nach großem Drängen war Sris Familie schließlich bereit, eine finanzielle Unterstützung für dieses Fest von mir anzunehmen. Sonst hätte es vermutlich Jahre gedauert, bis sie genügend Geld dafür gehabt hätten.

Schon in der Vorwoche strömten Verwandte aus ganz Bali zusammen. Ich glaube, das Gamelan-Orchester hat nicht eine Stunde zu spielen aufgehört!

Nach einem festlichen Mahl ertönte ein Gong. Einige Männer packten Sris Leiche und wirbelten sie in alle vier Himmelsrichtungen, um, wie die Großmutter (beeindruckende Frau!) mir später erklärte, die Seele im Körper zu verwirren und sie daran zu hindern, zu weit wegzufliegen und vor dem Verbrennen womöglich nicht mehr zurückzufinden.

Die ganze Zeit über Lachen und Scherzen! All die Farben, die Blüten und Gerüche, die riesigen Verbrennungstürme, die in den Flammen aufgingen – meine Worte reichen nicht aus, um Ihnen die Stimmung zu beschreiben! Ich habe ein paar Bilder gemacht, die ich Ihnen bei Gelegenheit schicken werde.

Nur so viel zu meinem Bruder: Nach Rücksprache mit Sris Familie haben wir verzichtet, seine Leiche ausgraben zu lassen. Dafür wurde eine Ersatzpuppe für die Verbrennung hergerichtet und zusammen mit Sris totem Körper verbrannt. Seite an Seite.

Gegen Abend dann verstreute der Priester die Asche im Meer. Es war ein schöner Tag mit weichem Wind und strahlender Sonne – genau so, wie Martin sich das immer gewünscht hat!

Wenn ein Mensch stirbt, wird ein Geist neu geboren. Das glaubt man hier auf Bali – ein schöner Gedanke, finden Sie nicht? Für mich hat er etwas sehr Tröstliches.

Meine Einladung nach Bali gilt natürlich unbegrenzt. Ich würde mich freuen, Sie besser kennenzulernen.

Herzlichst Ihre Sabine

Sina ging zum Fenster und sah hinaus in das Schneetreiben. Noch mal nach Bali? dachte sie und beschloß, Teewasser aufzusetzen.

Warum eigentlich nicht?